冷たい孤高の
転校生は放課後、
合鍵回して
甘デレる。
Tsumetai kokou no
tenkousei ha
houkago,aikagi mawashite
amadereru.
千羽十訊
Ill.ミュシャ
JN131312

「ファティマ・クレイです」

それだけだった。

どこから来たのかとか、転入の理由がどうだとか、
初対面の挨拶だとか、そんなものは一切ない。

実に無愛想かつ簡潔な自己紹介だった。

「……初めまして
Fatima Kurei
ファティマ・クレイ
転校生。祖母が北欧出身で
日本人離れした容貌を持つ。
あまり人付き合いが得意でない。
「ああ、初めまして」
Kuya
香良洲空也
人間嫌いな高校２年生。
現在は祖母が開いていた
喫茶店に一人で住んでいる。

「わかりませんか？
メイドさんですよ、
メイドさん」

「お帰りなさい、
お兄ちゃん」

「お前は時々、妙に子供っぽい……」
言葉とは裏腹に、
繋いだ手を離すようなことはせず、
空也はゆっくりと歩き出す。

「そういうのも受け入れるのが、
男の甲斐性というものでしょう？」
指に感じる彼女の温もり、
柔らかさに、鼓動が少し早まる。

CONTENTS

プロローグ 003
第一章 011
第二章 052
第三章 153
第四章 209
エピローグ 235

Tsumetai kokou no
tenkousei ha houkago,
aikagi mawashite
amadereru.

冷たい孤高の転校生は放課後、合鍵回して甘デレる。

千羽十訊

GA文庫

カバー・口絵　本文イラスト
ミュシャ

プロローグ

Tsumetai kokou no tenkousei ha houkago, aikagi mawashite amaderu.

そこは、学校付属図書館の片隅だった。

日差《ひざ》しの入り込む窓があり、小さな丸テーブルと、数脚の椅子が置かれている。

そういったものが取り揃《とそろ》えられていながらしかし立ち並ぶ書架の陰にあり、まるで設計ミスで発生したデッドスペースのような空間だった。

そんな場所で椅子に腰掛ける空也《くうや》は、ちらりと小さな丸テーブルを挟んだ向かいに座る相手を盗み見た。

視線の先にいるのは、クラスメイトである。

日差しを弾《はじ》き返《かえ》すのではなく、霞《かすみ》かなにかのように漂わせる、クリップでまとめられた長い銀髪。

頬杖《ほおづえ》を突き、テーブルに広げた本へと向けている瞳《ひとみ》は、深く柔らかい色合いの琥珀《こはく》色だ。

顔の造作は理知的で、いっそ寒気すら覚えるほど綺麗《きれい》に整っている。

名前はファティマ・クレイ――この春にやってきた転入生。

この春といったところで、実はそれほど昔のことではない。

なにしろ、彼女に降《ふ》り注《そそ》ぐ日差しが入り込んでいる窓の向こうにはまだ、淡雪のように花びらを降らせる桜がある。

その光景、窓越しの桜を背景に本を読む彼女には、心奪われるほど幻想的な美しさがあった。だから、ちらりと見るだけのつもりが見惚《みほ》れてしまっていたのだろう。

空也はふと顔を上げたファティマと、ばっちり目が合ってしまった。

「？　どうしました？　香良洲《からす》くん」

きょとんとした顔で瞬きすること数回、小首を傾げた彼女はふっと雰囲気を柔らかく緩《ゆる》めると、穏やかに口を開いた。

気分を害した気配はない。空也——香良洲空也が盗み見ていたとも、察していないようだ。ただ偶然目が合った、そう思っているらしい。

「いや……綺麗だな、と、思っていた」

彼女の問いかけに嘘《うそ》をつくなど思いもよらず、空也は素直に答《こた》えた。

「…………っ——」

ファティマは、顔を真《ま》っ赤《か》にした。

いきなり火が付いたように赤くなるのではなく、ゆっくりと、時間をかけて……

空也の言葉を理解していく様を体現するように、彼女は頬《ほお》を紅潮させていく。

「……おべんちゃら、どーも」

ぶっきらぼうに言ったファティマがぷいっとそっぽを向いたのは、随分と時間が経《た》ってからだった。

いや、空也の体感時間でのことなので、実際には彼が彼女の変化をつぶさに眺めていたから、そう感じただけなのかもしれない。

（ああ……つくづく俺《おれ》も、どうかしてるなあ……）

――香良洲空也は、ファティマ・クレイに夢中となっている。

空也は胸中で、のんびりとそれを肯定した。

彼女の一挙手一投足が目を惹《ひ》くし、表情のひとつひとつから目を離せない。

出会ってそれほど経っていないというのにこの有様《ありさま》だ。

まったくもって、どうかしている。

（そもそもズルいんだ、こいつは……）

相変わらずそっぽを向いたままなのだが、ちらちらとこちらを窺《うかが》うファティマに笑みを返しつつ、空也は思う。

（基本綺麗な美人系のクセに、反応がいちいち可愛《かわい》いとか、好きになるに決まっているだろう）

無愛想であまり表情を見せないのに、ごく一部の人間限定でこんな反応をするのだから、なおさらズルい。

自分は特別なのだと自惚《うぬぼ》れたくもなるし、彼女を特別にしたくもなる。

(ああ、やっぱり言うか……言ってしまうか……)

からかわれたと勘違いしたのか、ますます顔を赤くして、つんと明後日《あさって》の方向へと顔をやっているファティマに、空也は意を決した。

「なあ、クレイ――」

言うべきセリフは考えてある。

長々とした口上なんて、どうせ途中で噛《か》むことになるだけだから、シンプルで短い言葉と決めた。

何度も何度も推敲し、考えに考えて考え抜いて、そう決めた。

必要な時間は一瞬だ。

一息に、なにも考えず言い切ってしまえばいい。

その言葉を、口にしようとして――


「……おや?」

――空也は、上下逆さまになったファティマの顔を見上げていた。

なにがどうしてこうなったのか、さっぱりわけがわからない。

「狐につままれたような顔をしていますが……説明を、求めますか？」

こちらを見下ろして言うファティマの表情は、実に形容しがたいものだった。

怒っているようにも見える。安堵《あんど》しているようにも見える。恥じらっているようにも、微笑んでいるようにも見えた。

なんにせよ……機嫌が悪いように見えないのは、救いである。

「頼む。事態は俺の理解を超えている」

「ええ、そうでしょうとも」

ジト目になった表情とは裏腹に、空也の前髪を優しく指先でいじりながら、ファティマは続けた。

「まず、あなたは気絶しました。唐突に、脈絡なく、顔色ひとつ変えず、いきなりぶっ倒れました。ドッキリなら大成功です、おめでとう」

態度も優しいまま、痛烈な皮肉を囁《ささや》く彼女に、空也は申し訳なさそうな顔となった。

「……弁解させてもらうが、別にお前を驚かせたかったわけではない。不慮の事故だ」

「わかっていますよ。でなければ、膝枕《ひざまくら》なんてしてあげません」

彼女はわざとらしく不機嫌そうに、少し拗《す》ねたような声を出す。

この段階になって、空也はようやく彼女に膝枕されていることに気づいた。

棚からぼた餅《もち》ではあるのだが……

「……我ながら、情けない……」

意気消沈して、空也は嘆息した。

よもや——

「まったく、告白の緊張で気絶するなんて、香良洲くんはどれだけ初心なんですか」

胸中をそのまま口にされ、空也は驚愕《きょうがく》で目を見張った。

「驚いた。まさか……まさかお前が、読心能力者だったとは……」

「なんですか、その迫真のボケは……」

呆《あき》れ顔でぼやいたファティマは、空也の額をぺちんと軽く叩《たた》いた。

「あなたがうわ言で口走ってたんですよ。覚えてないんですか?」

「気絶していた時のことを覚えているかなど、ひどい愚問を—— ああ、なるほど。その質問は、ボケなのだな?」

「ええ、ボケですよ。ボケ返したんですっ」

空也に指摘され、ファティマは少しだけ語気を荒らげた。

気を失っていた相手に口走ったことを覚えているかを問うなど間が抜けていると、気づいていなかったらしい。

「まあ、それはさておき、です」

それから彼女は空気を入れ換えるように咳払《せきばら》いをひとつして、言葉を継いだ。

「いいですよ、香良洲くん――お付き合い、させてください」

「……――」

なにか応じるべきなのだろうが……空也は、言葉を失っていた。

霊気のように、光を漂わせる銀色の髪。

柔らかい輝きを湛《たた》えた琥珀色の瞳。

照れくさそうに紅潮した頬。

はにかみを宿した桜色の唇。

――ああ、自分は今、世界で一番愛らしいものを見ている。

無根拠に確信したその思いに、囚《とら》われていたからだ。

第一章

Tsumetai kokou no tenkousei ha
houkago,aikagi mawashite amaderu.

空也《くうや》がまったく自覚なく、告白を成就させたその週末——

彼の部屋にファティマはいた。

部屋デートである。

そして、初デートである。

空也とファティマのという意味でも、空也の人生においてという意味でも、おそらくファティマの人生においてという意味でも、初のデートである。

が——だらしなく椅子に座った空也は、なんとも釈然としない思いでファティマの背を眺めていた。

（……なんでコイツは男の部屋に来て、延々ゲームをやっているんだ……？）

なぜか彼女は、ただひたすらにゲームをやっていた。

しかも画面では、バストアップで映された美少女が微笑んでいた。

つまりはギャルゲーである。当然、一人用。その上、彼女の持ち込み。

「香良洲《からす》くん、香良洲くん。こういうゲーム、他に持ってないんですか？」

画面から目を離すこともなく言う彼女に、空也は半眼となった。

「他にもなにも、元々一本も持ってない」

それから息を抜くと、やれやれとばかりの笑みを浮かべた。

キャラクターの反応に一喜一憂、考え込んだり、失敗したという顔になったりと、百面相を繰り広げる彼女を眺めているのは楽しい。

漠然と、もっと甘ったるいものを期待していたが……まあ、これでいいじゃないかと、気分を切り替えたのだ。

「…………」

「……うん？　どうした？」

と、いつの間にやらファティマがコントローラーを持ったまま、上半身を捻《ひね》るようにして振り返っていることに気づき、空也は小首を傾げる。

問われたファティマはしばらく空也にジト目を向けてから、表情を変えずに口を開いた。

「香良洲くんは枯れているタイプだと思っていたのですが……結構、えっちですよね」

……どうやら、今まで煩悩が気配ににじみ、警戒されていたらしい。

「……お前、それだけじゃなく、俺《おれ》がなにを言われたところで傷つかないとも、勘違いしているだろう……」

空也とて健全な高校二年の男子である。だから下心だの邪念だの、あれやこれやの欲望だって持っている。

それは極《きわ》めて普通のことであり、別段恥じ入るようなことではない――のだが、よりにもよって彼女の口から指摘されたいことでもない。

「というか俺は、そんな物欲しそうな顔をしていたか……？」

「いえ、別にそういうわけではありませんよ」

しまったとばかりに片手で顔の下半分を覆《おお》った空也に、ファティマはさらりと否定を返した。

「なにやら緊張していた感じが緩《ゆる》んだので、カマをかけてみただけです」

「……なかなか意地が悪い……」

「そうですね。ちょっと意地が悪いんです、私は」

いたずらっぽく笑うファティマに、空也は嘆息した。

彼女にからかわれ、やり込められているというのに、腹のひとつも立たないのだ。

それどころか、とても楽しい。

実に頭がバカになっている。

なにしろ浮かれまくっていて、正気を失っているという自覚はあるのだが……危機感が、まるで湧《わ》かないのだ。

（これが惚《ほ》れた弱みというヤツか……）

――彼女が笑っているならそれでいい、彼女が最優先、ファティマ万歳。

（ああ、いや、いかん……男の威厳とかはこの際置いておくとして、あんまりだらしないと幻滅されてしまう……）

自問自答してどうにか危機感を叩き起こし、しゃっきりせねばと思うのだが、どうにもうまくいかない。

「ところで香良洲くん」

「なんだ？」

慣れた様子でゲームをソフトリセットし、タイトル画面に戻したファティマに、空也は堅苦しい口調で応《こた》えた。

そんな彼にファティマは一瞬きょとんとしたものの、スルーすることにしたらしく、手早くゲームを進めてヒロイン選択シーンに到達した。

「……最近のゲームは、ヌる過ぎるんじゃないか？」

「お手軽・イズ・ベストなご時世ですから――で、ですね、香良洲くん」

改めて口を開き、登場ヒロインがずらりと並んだ画面をぴっと指さして、彼女は続ける。

「この中で好みのタイプは――」

「ファティマ・クレイ」

空也は皆まで言わせなかった。

彼女の言葉をぶった切り、セリフ途中でこれ以上なくきっぱりと、男らしく断言した。

「──………」

（おお、面白《おもしろ》い……）

虚を突かれたのだろう。

口をぱくぱくとさせながら、きゅーっと赤面していくファティマに、空也は愉悦を覚えた。

その感情を気配で察したか、彼女は咳払《せきばら》いをひとつしてから強引に話を戻す。

「当然のことながら、私は除外してください……嬉《うれ》しかったですケド……」

とはいえ、そうそう簡単に顔色を操《あやつ》れるものではない。

恥じらいを残す顔は頬《ほお》がほんのり赤らんでいたが、空也は見て見ぬ振りをした。

うっかりなのか言わずにはいられなかったのか、小さく付け加えられた言葉も、礼節をもって聞こえなかった振りをした。

「その程度、わかってはいるのだがしかし、お前はちょっと意地が悪いらしいのでな。なんらかの罠《わな》ではないかと疑っている」

「む……香良洲くんは、私をなんだと思っているんですか」

空也の言葉に、ファティマは口を尖《とが》らせて拗《す》ねた。

「そうだな……話せば長くなるのだが……」

子供っぽい仕草をする彼女もやはり可愛《かわい》いと思いつつ、空也は椅子に座り直すと天井《てんじょう》を仰《あお》ぎ、遠い目になった。

一言で済ませることはできる。

ファティマ・クレイ。そう名を口にするだけでいい。

彼女にまつわることは、全《すべ》てその名でタグ付けされているからだ。

しかしどう思っているかを誰《だれ》かに伝えるとなれば、それだけで済ませるわけにはいかないだろう。

漠然とした記憶を、言語化しなければなるまい。

だが言葉にすると、なにかを取りこぼしてしまいそうな予感がある。

つまり、気の進むことではないのだが、

「どうぞ、存分に思いの丈を語ってください。一言半句逃すことなく、全て聞き届けましょう」

ファティマに促され、空也は小さく息を吐いた。

「うまい語りを期待するなよ？　俺はそんなに、話し上手じゃないんだ」

「知っています、そんなことは」

即答した彼女は、いつの間に居住まいを正したのか、彼と向き合って正座していた。

「知っていて話させるとは……実はお前、俺のことが嫌いなんじゃないか？」

「まさか。大好きですよ。おそらくは、ええ、あなたが思っている以上に」

「……──」

視線をひたとこちらに据えたままの彼女に、軽口を大真面目《まじめ》に返されて、空也は言葉を失った。

つっと目を逸らし、なにをかはわからないが、とにかくなにかを誤魔化《ごまか》すように頬を指先でかく。

「口を切るなら……やはり、ここからになるか」

そう前置く空也の頬は、赤みが差していた。

◆◇◆◇◆◇◆

時を遡《さかのぼ》ること少し、わずか二週間ほど前――

香良洲空也は今と同じく、なんとも面倒な生活環境にあった。

彼は親元から離れた場所で暮らしている。

これは両親が海外出張したのでひとり暮らしをしているとか、ましてや他界したことを遠回しに言ってるとか、そういうことではない。

数年前に連れ添いを亡くし、今はひとりで暮らす年老いた祖母を、両親が心配したからだ。

その結果として空也は、母方の祖母である久礼小縁《くれいこより》の暮らす、都会とも田舎《いなか》ともつかない、中途半端《ちゅうとはんぱ》な発展具合の都市に引っ越すこととなった。

なので当然、今は祖母とふたり暮らしをしている——というわけでもない。

ややこしいことに祖母は自宅で、空也はその近所にある、かつて彼女がやっていた元喫茶店《きっさてん》で暮らしている。

ならひとり暮らしではないかといえば、それもまた違う。

食事は祖母のいる家で取っているのだから、ひとり暮らしとは到底呼べない。

そんな、説明に手間がかかる割には普通とほんの少ししか違わないのが、空也が身を置く生活環境だった。

ともあれ、そういった事情で引っ越した空也はもちろん中卒ということもなく、高校に通っている。

——私立桐花館《とうかかん》学院高等部。

赤煉瓦で建てられている古色蒼然とした校舎が示すように、由緒正しい学院である。

都会の喧噪《けんそう》を離れた自然の中で修養を積めるということをウリとした、上流階級の令嬢令息を相手とした学舎《まなびや》だ。

もっともそんなものは、今は昔の物語。

現在は少子化の波に抗《あらが》えず広く門戸を開いており、辺鄙《へんぴ》な場所にある以外は、いたって普通の学校なのだが……未《いま》だ昔日の典雅さは残っており、希少動物よろしくお嬢様やお坊ちゃまを発見できないこともない。

「とどのつまりは、辺境隔離施設なのではないか、というのが、俺の私見なんだがね。そもそも上流階級御用達だった学校の卒業生に、なんでうちの婆さまがいるのかって話だ」

ひねた評価を口にしたのは、机にだらしなく突っ伏した空也だった。

進級して早々の時期、それもホームルーム前ともなれば、周囲は旧交を温めたり、新たな交友関係を築こうとしたりでとかく騒がしいが、空也はそんなものなどどこ吹く風という態度である。

「それって、くーちゃんのお祖母《ばあ》ちゃんが、上流階級ってことじゃないの？」

答えたのは、楢崎紅葉《ならさきこうよう》だった。

名は体を表すという言葉の通り、赤毛の少年である。

さらには制服をだらしなく着崩し、ネクタイの締め方も雑と、絵に描いたような不良だが……彼は不良ではない。

それどころかむしろ、お人好《ひとよ》しの類だ。

ただ、そういうスタイルが好きなだけなのだ。

空也はそのことをよく知っていた。

なにしろ彼との付き合いは長い。

中学は一緒、部活も一緒、そしてどういうわけか、離れた土地にある高校だというのに一緒となり、さらには進級してなおクラスが一緒と、とんだ腐れ縁なのだ。

それだけ長く付き合っていれば、否《いや》が応でもその程度は理解する。

「こーちゃんよ。それでは俺も上流階級ということになる。さて、それを踏まえてもう一回、言ってくれないかね？」

そんな腐れ縁かつファッション不良の友人に、空也はのっそりと顔を上げてそう言った。

「あー……おれ、くーちゃんとはいい加減長い付き合いなのに、お祖母ちゃんに会ったことないや」

「俺の葬式に出れば会えるだろうよ。事故死しようが老衰死しようが、喪主はきっと祖母ちゃんだ」

たとえ嘘《うそ》でも、空也が上流階級だとは言えなかったらしい友人に――ではなく、冗談のつもりが割合ありそうな未来図に、空也は溜息《ためいき》をついた。

そもそもにして、空也がここにいるのは連れ添いを亡くし、それまでやっていた喫茶店も閉めてしまった祖母のことを、両親が気落ちしているのではないかと心配したからだ。

だというのに、小縁は矍鑠《かくしゃく》としたものだった。

なにか悪い病気に罹っているんじゃないかと思うほどに、元気だった。

この分なら、あと百年は元気だろう。

「その上まあ、なにを考えているのやら……」

妖怪《ようかい》めいた祖母の呵々大笑《かかたいしょう》を思い出しつつ、空也はちらりと隣席を見やった。

——誰も座っていない。

どこぞで話に花を咲かせているというわけではなく、単純に空席なのだ。

「そういや、転入生がいるらしいね。始業式の翌日とか、妙なタイミングだとは思うけど」

その視線を拾ったのだろう、思い出したように言う紅葉に、空也は半眼でつぶやいた。

「……書類の確認に手間取ったんだよ。年寄りがすることでなし、役所が疑うのは当然だが、もっと手際よくできないものかな……」

「ん？」

「気にするな。できれば今後も気にしないでほしい」

「んん？」

訳知り顔な上に訳ありなことを口にする空也に、紅葉は首を捻った。

——空也が紅葉の気質を理解しているように、紅葉もまた、空也のことをそれなりに理解している。

つまり、香良洲空也は人間嫌いということを知っている。

正確にはあれこれ詮索《せんさく》されること、根掘り葉掘り聞かれることを、極度に鬱陶《うっとう》しがっていることを知っている。

とはいえ……気にしないでほしい、というのはおかしい。

転入生に空也が関係してでもいない限り、その発言はおかしいのだ。

「だからって、問い詰めて口を割るくーちゃんじゃないしなあ……」

「まったく以《もっ》てその通り」

我知らずぼやいた紅葉に、空也は重々しく頷《うなず》いた。

そして、ついでのように付け加える。

「かといって、向こうに聞くのもやめてやれ。あれは人間嫌いの野良猫《のらねこ》だ、下手に手を出すと引っかかれるぞ」

◆◇◆◇◆◇◆

ホームルームの開始を告げる、チャイムが鳴った。

それを待っていたかのように、まだ年若い、スーツに着られているような女性の担任教師が教室に入ってきて、そして――生徒がどよめいた。

教師に続いてもうひとり、真新しい、まるで馴染《なじ》んでいない制服を着た女子――転入生がいたからだ。

――否。

小学中学ならいざ知らず、高校にもなって転入生は珍しいが、それだけが理由ではない。

転入生は淡く輝く銀髪に、鮮やかな琥珀《こはく》色の瞳《ひとみ》をした女子だったからだ。

今日日《きょうび》、街中で外国人を見かけたところで騒ぐようなことでもないが……クラスメイトとなれば話は別だ。ましてやそれが冷気が漂うほどに整った容姿の持ち主となれば、騒ぐ理由には十分だろう。

「あー、静かに！　気持ちはわかるけど、お願いだから静かにしてね！」

いかにも学生気分が抜けてないセリフであり、迫力不足ではあったものの、教師の精一杯な様子に同情したのか、なんであれクラスは静かになった。

とはいえ、ひそひそと露骨な密談はなされていたが……それがなくなるところまでは高望みだと割り切ったらしく、教師は黙殺した。

「それじゃあ、自己紹介をお願いできるかしら？」

「ファティマ・クレイです」

これ以上なく、鈴の鳴るような声だった。

涼やかな、という慣用句としてもそうだが、感情のない音、という皮肉においても。

そういった声で転入生——ファティマ・クレイは名乗り、

「………」

それだけだった。

どこから来たのかとか、転入の理由がどうだとか、初対面の挨拶《あいさつ》だとか、そんなものは一切《いっさい》ない。実に無愛想かつ簡潔な自己紹介だった。

「あの、えーっと……」

困り顔で場凌《しの》ぎの言葉を口にする間に、教師は方針を決めたらしい。

「クレイさんの席は香良洲君の隣だから──香良洲君？」

「はい」

──やはり、こうなったか……

隣が空席という時点で予想はできていたものの、これからの展開を思うと頭を抱えたい。

そんな内心を押し殺し、羨《うらや》む男子の怨嗟《えんさ》が響く中、空也はポーカーフェイスで手を挙げて
自身の位置を示した。

ちらりとそれを一瞥《いちべつ》したファティマは歩き出し、

「……初めまして」

座る時に短くそう言った。

「ああ、初めまして」

おざなりに応えた空也は、小さく溜息をついた。

◆◇◆◇◆◇◆

昼休み──

時限毎《ごと》にある小休憩ですら、ファティマの周囲にはクラスメイトが集まっていた。

そして向けられる質問に、言葉短く絵に描いたような無愛想で彼女は応じていたのだが、未だ誰もめげていないらしい。

おとなしく昼食にするものは極少数で、クラスのほとんど全員が彼女の傍《そば》に集まっていた。

それどころか噂《うわさ》になっているのだろう、廊下には違うクラスだけでなく、違う学年の生徒たちすらもが押し寄せている。

——気づかないものなのかね……いや、気づいても、どうでもいいだけか。

心底うんざりした様子で、空也は吐息した。

彼女が無愛想なのは、照れているからではない。大勢に取り囲まれて、緊張しているからでもない。

ただ単純に、辟易《へきえき》しているからだ。

それだけでなく、今は相当苛ついている。朝から延々、『どこの国から来たの？』と『日本語わかる？』、『なんで日本に来たの？』、『カレシいるの？』、そんなことばかり何度も何度も尋ねられているのだから、無理からぬことではあるのだが。

「なんというか……ピラニアの群れ？」

「ピラニアの方が、まだ品がある」

質問者の群れに混ざることはせず、引いた顔で人集《ひとだか》りの感想をつぶやく紅葉に、空也は不快感を隠そうともせずに応えた。

そしてポケットから、懐中時計を取り出す。

花びら五枚を寄せて桜花を象《かたど》る、シンプルな彫刻を施された銅製の蓋《ふた》を持つものだ。

電池式ではなく、ゼンマイ式。それも自動でゼンマイを巻き上げるタイプではなく手動のタイプ――どう見ても年代物だった。

竜頭《リューズ》を回してゼンマイを巻いてから蓋を開くと、覗《のぞ》いた文字盤は逆さま、チェーンがついている側《がわ》に零時があるのではなく、六時がある。

いわゆるナースウォッチ、吊《つる》してある状態から掬《すく》い上げるようにして持った時、そのまま時刻を見るのに適したタイプである。もっとも、本当にナースウォッチなら、素早く文字盤を見るのに邪魔な蓋がついているはずもない。

ともあれ空也は逆さまのまま文字盤を読み取ると、教室の時計を見ながら、時刻を正確に合わせる。

「さすがに限界だ。俺もそうだが、あっちもな」

「これはびっくり。くーちゃんが他人を気にかけるなんて」

一瞬だけ人混みの間のファティマへと向けられた空也の視線を追ったのだろう、紅葉は驚き顔になった。

「まさか……それだけじゃなくて、助けるつもり？　油をかぶってから火の粉を浴びに行くようなもんだよ？」

「それはわかっているのだが……いい加減、この馬鹿騒《ばかさわ》ぎにはうんざりだ。同病相憐れむというヤツでな、されて嫌なことは、見ててもやはり不快なものなのだ」

「ものなのだって……くーちゃんは基本古くさいけど、なにかやろうと決めたら、輪をかけて古めかしくなるよね……」

空也がなにをするつもりなのか、既に察しているのだろう。

紅葉はそっと溜息をついてから、言葉を継いだ。

「それで、昼休み中には戻ってくる？　それともそのままエスケープ？」

「向こう次第だが、おそらくはくれいいを送って、俺も帰宅だ」

「ほいほい、早退ね……くれい？」

がらがらという音とともに立ち上がった空也に、紅葉は首を捻った。

――ファティマ・クレイ。

つまり、姓は『クレイ』。そして古風モードの空也だから、『くれい』と発音した……？

「……あ……あああ⁉」

気づき、紅葉は愕然《がくぜん》と声を上げた。

転入生が来ることに驚かなかったこと、なにやら訳知りな様子だったこと、現実離れして美人である彼女を見てもまるで無反応だったこと。

そして、彼の祖母の家名。

それら全てが結びつき、冗談のような結論に至ったのた。

「マジで⁉　そういうことなの⁉」

「名推理だ、明智君」

口にはしていない紅葉の結論を、空也は渋面《じゅうめん》で肯定した。

「そういうわけで、怪人二十面相は逃げさせて頂くとしよう」

戯《おど》けた調子で言ったのは、余裕かそれとも現実逃避か。

いずれにせよ空也は無造作に人集りをかき分けると、転入生の前に立った。

「行くぞ、久礼。先達として、ひとつ助けになってやる」

◆◇◆◇◆◇◆

時は戻って現在——

「そう、それです」

一段落して息をついたところで、ファティマにぴっと指さされ、空也はきょとんとした。

「……どれのことだ？　さっぱりわからん」

なんの意味があるのか、伸ばしたファティマの人差し指に、同様に伸ばした自分の人差し指を触れさせながら言う空也に、ファティマは口を尖らせた。

「くれいですよ、くれい。別にクレイでも久礼でもいいですが、ともかくそれです」

「ふむ……つまり、旧姓で呼べということか？　俺の知っているお前の姓はこっきりひとつ、くれいのみなのだが」

「なにをとんちんかんなことを言ってるんですか、香良洲くんは……」

どうにも察しの悪い空也に嘆息をひとつ、先端を合わせた彼の指を避けて、ファティマは空也の手を捕まえようとする。

「もしや、愛称か？　くーちゃんではかぶるから……ふぁーちゃん？　いや、中国語だと『ファティマ』は『花地瑪』と書くという……ならば、お花さんか？」

「なんでいきなりそこまでアクセル踏み込むんですか……その一歩手前です、手前」

合ってはいるのだが行きすぎな上、存在しない方向へとハンドルを切っている空也に、ファティマは半眼となった。

そんな突拍子もない思考回路なのに、彼女の手からするりと逃げるや否や、逆に自分からファティマの手を捕まえて握る器用さが、まったくもって腹立たしい。

「一歩手前、とな？　実はお前には隠し名があるというのが、一歩手前の思考だが……」

「……そーゆーものがあっても、あなたに呼ばせるには、まだ早いです」

シェイクハンドとばかりに手を握り、ゆっくりと上下に揺らしながらヘンテコな考えを開陳する空也の手から、ファティマはぼやきつつ自分の手を半分だけ引き抜く。

このあたりは通じるらしく、空也は以心伝心、すぐに応じて指相撲の構えを取った。

「俺もそう思ったから、次のステップに進んだのだが――まさか、それで本気なのか？」

「ぐぬ……なんですか、この怪力は……！」

ファティマは空也の親指を自分の親指で捕《と》らえ、押さえつけようとしているのだが……彼の指はぴくりとも動かない。

さして力んでる様子もないのに、まったくさっぱり微動だにしない。

「どうした？　ファ、ファ、ファティマ」

「――――っ!?」

どうやら彼女が言わんとしていたことを、彼はわかっていたらしい。

口にしなかった要望通り、姓ではなく名で呼んだ空也にどきりとしたついで、ファティマはびくりと身を強張《こわば》らせた。

「わざと捕まってやったのだが、別にこのまま押し倒してしまっても構わんぞ？　ファティマ、少しは骨のあるところを見せてくれよ」

「……う、うぅ……」

「そらそら、こんな非力では、おにぎりひとつ握れんぞ？　ファティマ、遠慮せずもっと力を込めるがいい」

「あーっ、もうっ！　何度も呼ばないで！　卑怯《ひきょう》ですよ！」

ついに音を上げて手を完全に引き抜いたファティマは、がっくりとうなだれる。

要求したのは自分だがしかし、他の誰でもない、恋人である空也にそう呼ばれるのは想像以上に照れくさかったのだ。

なのに慣らしもなく連呼されては、鼓動が激しくなってたまらない。

しかも、触れ合っていた彼の手——大きくて固い手に、空也は異性なのだということを強く意識してしまっている今の状態では、なおさらに平常心を保てなかったのだ。

そんな脈打つ血流がうるさい彼女の耳朶《じだ》を、ぽつりと、空也の声が打った。

「言っておくが……俺だって、女の子を名前で呼ぶのなんて初めてなんだ、恥ずかしくないというわけではないぞ？」

拗ねたような声音《こわね》での、言い訳がましいセリフだった。

「とはいえお前の希望だしな、かなえてやりたいと思うわけだ。それに、まあ……俺自身、そう呼びたいという気持ちがないわけでもない」

顔を上げて視界に映した空也は、そっぽを向いていた。

そしてその頬は、一目で見て取れるほど赤らんでいる。

（ああ、そうか……）

ふと思い出し、ファティマは彼の弁に嘘はないと確信した。

そもそも空也は告白しようとして、緊張のあまり気絶した人間なのだ。なら、いくら付き合っている相手とはいえ姓ではなく名で呼ぶのには、随分勇気が必要だったことだろう。

それでもなお、こちらの希望に添ってくれたのだ、彼は。

何度も繰り返して名を口にしたのは、照れ隠しといったところか。

そうでなく意地悪だったとしても、行動の原点を推測できる現状、年上めいた心持ちで微笑ましく受け止めることができた。

「当初の予定では、さらりと『空也くん』と返すつもりだったのですが……思い通りにはいかないものですね。どう考えても致死量になっちゃいますし、お互い」

「……その通りだから、そっちはもうしばらく時間をくれ……」

ファティマの言葉に空也は呻《うめ》いた。

たった一回名を呼ばれただけなのに、もう、いっぱいいっぱいという様子である。

「…………」

「…………」

そのまま、どうにもこそばゆいが、決して居心地が悪いというわけではない、なんとも面映《おもは》ゆい時間がいくらか過ぎて――

「あー……続ける」

「……そうしてください」

わざとらしく咳払いをしてから彼女にまつわる語りの再開を告げる空也に、ファティマは同意した。

◆◇◆◇◆◇◆

呆気《あっけ》に取られるクラスメイトたちの眼前で、堂々と拉致《らち》されたファティマは困惑とも感謝ともつかない感情の薄い微表情のまま、先を歩く空也の背を眺めていた。

（……このひとは、なんなんでしょうね……）

直感的に自分と同類、つまりは他人が嫌いで、自分からかかわることなど決してしないタイプと思っていたのだが……違ったのかもしれない。

論理的に考えればそうなる。

なにしろ、随分と大胆な手段で助けてくれたのだ、そういう結論を出さざるをえない。

だが感情では、相変わらず彼は同類なのだと判断していた。

行動との整合性はまるで取れないのに、その認識は揺らがない。

論理と感情、どちらを信じればいいかわからないまま、ファティマは彼の背を追い続ける。

尾行を撒《ま》くように、校舎内を行ったり来たり、階段を上ったり下ったりしてようやく辿《たど》り着いた場所は、独立したひとつの建物だった。

付属図書館である。それも由緒だけは正しい桐花館学院自慢の、パンフレットに必ず掲載される図書館だ。

そしてそれだけのことはあり、外観からして古い探偵小説に出てくるような、時代がかった洋館だ。しかも中に入れば高い天井の下、ずらりと柱のような書架が立ち並んでいる。

柱のような、という比喩がしっくりするほど背の高い書架は、バルコニーめいた廊下で結ばれ、所々、螺旋《らせん》階段で上り下りできるようになっていた。

「……これは、凄いですね……」

あまりの偉容に圧倒されて、ファティマは呆然《ぼうぜん》とつぶやいた。

とはいえ空也は二年生ともなれば見慣れたものなのか、平然と応える。

「見かけ倒しの張り子の虎《とら》だ。書架はいっぱいのように見えてその実、卒業アルバムだの郷土史だののばかり。数えたことはないが、おそらく同じものが数十冊はあるだろうな」

「なんで、そんな無駄なことを……」

「空っぽよりは見栄えがいい。布張りの本ならなおさらに。なにせ映画やドラマ、得体の知れない写真の撮影なんかに貸し出しもする建物だからな」

利便性には勝てないらしく、雰囲気とはちぐはぐなデスクトップパソコンが設置された受付にいる初老の司書に手を振って、空也はそのまま奥へと歩を進めた。

その足取りに迷いはない。だが、歩調が速いというわけでもない。

（さっきから、思っていたけれど……）

おかげで足早になることもなく彼の後ろを歩きながら、ファティマは思う。

（香良洲くんは気品があるというか、マイペースというか……）

歩き方ひとつ取っても、空也には同年代の男子に感じるような、忙《せわ》しなさやら活発さやらがない。

彼の足取りは彼らとは違い、悠然として穏やかなのだ。

動作が緩慢なのではなく、ただただゆったりとしている。

それもファティマに配慮してのことではなく、自然体でそうなのだろう、ぎこちなさなどカケラもない。

「ところで香良洲くん。いったい、どこに向かっているのですか？　昼休みだからといって、そう悠長にしていられないのですが……」

周囲は既に書架の迷宮、ファティマは潜めた声を先導する空也の背に向けた。

昼休みが学校生活において最長の休み時間なのは、昼食の時間が含まれているからだ。

そしてファティマは、昼はちゃんと食べる主義である。

一食抜いたところで死にはしないが、腹の虫が鳴いて注目を集めるなど、心の底から願い下げだからだ。

そんな彼女の訴えに、空也は平然と応えた。

「気にしなくていい。お前は体調不良で早退する手筈《てはず》となっている。俺は、サボりだな」

「勝手に決めないでください――いえ、まあ、転校生がいきなり男子とふたりで雲隠れしただなんて、またとやかく聞かれるネタが増えたに決まっているのだから、そうしたいところですが……」

――質問責めにうんざりしていたからといって、いささか考えなしだったかもしれない。

今さらながらそのことに気づき、ファティマは嘆息した。

「それについては、悪いと思っている」

先行く空也はひょいと肩を竦《すく》めるがそれだけで、振り返りもしない。

「が、それだけの価値はあると思っている。まあ、意地の悪いことを言わせてもらえば、あのままだとお前、爆発《ばくはつ》してただろう？　さて、どっちがマシだっただろうな？」

「……本当に意地の悪い……」

痛いところを指摘され、ファティマは呻いた。

たしかにあのまま質問責めを受けていたら、ヒステリックに怒鳴るくらいのことはしていただろう。

ただ……だからといって、今の方がマシだとは限らない。

「……どっちもなにも、なんのためにここにいるのか、まだ不明じゃないですか」

なんとなく助けられたことを素直に認めたくなくて、ファティマは口を尖らせた。

空也は相変わらず前を見たままだったが、それを悟ったらしい。

柔らかい笑みの気配を背中に漂わせながら口を開いた。

「請け合ってもいい、それだけの価値はあると」

そして、書架と壁の隙間《すきま》を通り抜ける――

「……ここは……」

彼の後を追って隙間を抜けたファティマは、ぽかんとした。

「避難所、と、祖母ちゃんは言っていた。まあ、集団に馴染めないお前のようなヤツ、ひとの中にいるのが苦痛な俺みたいなヤツ、そんな学生連中の逃げ場所だ、ここは」

「避難所……」

ぼんやりと彼の言葉を繰り返し、ファティマはその場所を見回した。

そう広いスペースではない。エレベーターほどのサイズだろうか。

そんな大きさの空間が、使いようもない位置にぽっかりと空いていた。

中央には二脚の椅子と小さな丸テーブル。

ただ奇妙なことに、丸テーブルを挟んで置いてある椅子は、背中合わせになっている。

「設計ミスか洒落っけか、なんてのは知らん。だが、それこそ創立当初からあることは知られている。学校側の一部と極少数の生徒、それと司書に」

落ち着いた足取りでその避難所とやらに踏み込んだ空也は、丸テーブルに載せてあったノートを手に取ると、ファティマに差し出した。

「この場所のルールだ。古びてきたら、複製を作ること。ちなみにそれは、去年俺が作ったものだ」

「はあ……」

受け取ったファティマがぱらぱらとノートを捲《めく》ると、草書体のような文字が並んでいた。

（……こんな古代文字、読めないと思ったけど……意外に読みやすい……）

悪筆なのか達筆なのかは判然としないが、草書体風味なのに読みやすいというあたり、とんでもなく上手《うま》い字なのかもしれない。

――飲食禁止のこと。

――他者がいても見ない振りをすること。

あくまで図書館の一部だということによるもの、この場所の特性によるもの、箇条書きされたルールを琥珀色の目で追っていたファティマは、ふとそれを止めて口を開いた。

「……香良洲くん」

「うん？　ああ、すまんが当然、昼食はナシだ。休み時間に出て捕まるのは馬鹿《ばか》らしいし、授業中に歩き回っては学校側も、この場所を見て見ぬ振りしていられなくなるだろう。よって、このまま放課後まで引き籠《こ》もり、夕闇《ゆうやみ》に紛《まぎ》れて下校する」

彼女に応える空也は、既に椅子に座っており、組んだ脚の上に、いつの間にやらそこいらの書架から出したらしい本を載せていた。

「食事を抜くと身体《からだ》が飢餓状態となってカロリー摂取効率が上がり、太りやすいのでイヤなんですが……ああ、いえ、そういうことではなく」

いらないことを口走ってしまったファティマは小さく咳払いをし、空いている椅子の向きを直してから、腰を下ろした。

おそらくそれはこの場所のルールに反しているのだろうが、引き継ぎに当たっての質疑応答なのだから、見逃してもらえるだろう。

「この、宿泊禁止というのはわかります。ですがその次、もし万が一、宿泊することとなった場合という項目です」

「読んだままだが？」

「……さらりと言ってくれますが……」

しれっと応える空也に、ファティマは頬を引きつらせた。

「窓の外にいるのは見ない振りをすること、内側にいるのは絶対に無視することって、なんですか？」

「よくある注意だろう。なにせ古い建物だしな、そういうのもいるんじゃないか？　俺はここに泊まったことがないので、断言はできんが」

ぞっとする思いで、ファティマは周囲を見回した。

外からも死角になっているのか、窓の向こうに見えるのは桜の木立ばかり。

室内を見やれば、ずらりと並んだ書架の群れ。

――夜の風景を想像する。

暗がりに浮かぶ木立、書架の隙間にわだかまる闇《やみ》。

その闇の向こうから覗く『なにか』……

「そう怯《おび》えることもない」

彼女の恐怖を見て取ったのか、空也はフォローというには、あまりに冷静すぎる態度で言った。

「え、ええ。そうですよね。こんなものは、泊まらせないようにする子供だまし――」

「そういった手合いは光りもの――刃物や鏡に弱いのが相場だ。女子ならば、手鏡のひとつ程度は持っているだろう?」

「……香良洲くんは、女子に幻想を抱きすぎです……」

フォローではあるのだが、同時にフォローではない彼の発言に、ファティマはがっくりとうなだれた。

「とはいえその次の項目、『夜の呼び声に応えるべからず』を破った場合は、鏡も刃物も、もはや役に立たんだろう」

オカルトが好きなのか、言葉を継いだ空也に、ファティマはゲンナリとした目となる。

「……続けるんですか、それ……」

「残念ながら、これで終わりだ」

まるで残念そうには見えない顔で言った空也は、話は終わりとばかりに手元の本へと視線を戻した。

しかし彼は動作とは裏腹、そのままの姿勢で再び口を開く。

「それと、俺たちだけのルールだからそのノートには書いてないが、教えていいのはひとりだけだ。俺は祖母ちゃんから引き継いで、お前に引き渡した。俺の分はそれで終わり、お前の分は、お前の好きにすればいい。引き渡そうが渡すまいが、どうせ誰かはここのことを知っている」

それで本当に終わりだったのだろう、空也は黙り込んだ。

「…………」

そんな彼の横顔に、ファティマは珍しいものを見る目を向けた。

実際彼は、かなり希少な性格をしていると思う。

なにしろファティマ・クレイというのは、奇妙とまではいわないものの、決して普通とはいえない存在だ。平たくいえば、ツッコミどころが満載なのだ。

たとえば彼女は日本人である。日本民族でないだけだ。

しかも、日本から出たことがない。いや、出生地は海外なのだが、物心ついてからはずっと日本で暮らしている。

そして両親は郷に入ったのだからと、郷に従った家庭を築いた。

だからファティマの生活習慣や常識概念は日本風だし、言語だって義務教育程度の英語は別として、日本語しかわからない。

つまり彼女は、外見以外の全てが日本由来の日本製なのだから、日本人以外のなにものでもない。

――だというのに。

『日本語上手ですね』、『どこの国の生まれ？』、『これって母国語でなんて言うの？』

他人ときたら、どいつもこいつも口を開けばそればかり。

見た目はどうしようもなく外国人なのだから、一度や二度なら仕方ないと我慢もしよう。

だが、根掘り葉掘り問い詰めて、言いたくもないことを聞き出そうとするのにはうんざりだ。

その上、外見からこうだと勝手に決めつけたイメージから外れているからと、口さがなく言う輩には殺意すら覚える。

皆が皆そういう愚昧《ぐまい》だとは思わないが、ひとりでもそういうものがいれば、他者を拒絶するようになるには十分だ。

結局のところ、彼女の対人反応を決定付けているのは、それだ。

だが……空也は、それこそ彼女が決めつけた他人のイメージというものから外れている。

初めて出会った時、ファティマにとっては義母であり、彼にとっては祖母である小縁に連れられて挨拶した時も、なにひとつ聞いてこなかった。

小縁がいるから遠慮しているのではとも疑ったが、今に至ってなお彼は、彼女を問い詰めたりしていない。

誰よりも質問しやすい立場にいるにもかかわらず、だ。

かといって他者に無関心なのかといえばそういうわけでもないらしく、こうやって助けてくれている。

本当に希少で――ファティマにとって、ありがたい性格だ。彼が隣にいても無駄な緊張を強いられないし、安心できる。

ああ、もっとストレートに言うならば――……

◆◇◆◇◆◇◆

思い出話というほど昔ではないが思い出話としかいいようのないものの幕間《まくあい》、階下の喫茶店スペースへの移動中、

「おそらく、そこら辺が根っこだと思うんですよ。あなたなら、付き合ってみてもいいかなー

という気持ちの」

「……軽いな、おい」

そう言ったファティマに、空也は渋面となった。

なにせこちらは、清水《きよみず》の舞台から飛び降りるような決意をもって告白に臨んだのだ。今となってはもうよく覚えていないが、気絶するなどという大失態をするほどなのだから、それで間違いはないはずだ。

なのに相手は気安いお試し感覚だったなど、顔をしかめたくもなる。

「このひとが運命のひとだ！　ってレベルの方がよかったですか？」

「そこまで反対側に走られても困る」

にこにこと言うファティマに、ふっと息を抜くような笑みを返しながら、空也はカウンター席を彼女に示した。

そして自身はカウンターの内側に立ち、照れくさそうに言う。

「実は一度、こうやってみたかったんだ。ただのお飯事《ままごと》にしかならんが」

「いいんじゃないですか、そういうのも」

からかったりせず、ファティマはただ淡く微笑んでスツールへと腰を下ろすと、周囲を物珍しそうに見回した。

「慣れていないお客なのは、勘弁してください」

記憶にある限り、喫茶店に入ったことのないファティマである。

「しかしこのお店、閉めているんですよね？」

続けられた言葉は、彼を揶揄《やゆ》したものではない。

この喫茶店は、数年前に閉店したはずなのだ。

だが、そういう店の常であるように椅子が逆さまになって、テーブルの上に載せてあったりはしない。

それどころか塵ひとつ見当たらないのが、不思議だったのだ。

「ああ。今でも閉めているが、いつも綺麗《きれい》にしておくのと、コーヒーカップを三つ、いつでも使えるようにしておくこと、それが住まわせてもらう条件なんだ」

店を綺麗にしておくのはさておいて、コーヒーカップを三つ、というのはあまりに奇妙で、いかにも意味ありげである。

彼もそう思ったのだろう、フォローするように付け加えた。

「客をな、待っているらしい。あとひとり、いつか絶対に来るって、祖母ちゃんは言っていた。それが誰なのかは聞かされていないが――」

「――ファティマですよ」

「？」

よくわからない彼女の発言に、空也は小首を傾げた。

ファティマはいたずらっぽい笑みを浮かべているが、かといって冗談を言っているようでもなさそうで、ますますわけがわからなくなる。

「私の名前は、お祖母さまの名前をもらったものなんです。なので今は『ファティマ』がふたりいるので、お祖母さまのことは『大ファティマ』と呼ぶんですが……」

そこまで言ってもまだ不得要領といった顔をしている空也に、ファティマは溜息をついた。

「香良洲くん……もしかして、小縁さんはまったくの無関係なのに、私を養子にしたと思ってるんですか？」

「それは愚問というものだろう。祖母ちゃんはなにかするのに、本人の気分以外の理由なんて必要としない」

「……まあ、そうですね」

実の孫に言い返され、養女は理解が足りていなかったことを認めた。

彼女を養女として迎えた久礼小縁という人間は、なにかをするのに、いちいち細かい理由を必要としない。

善悪もなにもなく、ただ本人の感情のみを理由として動き、そのクセ人道を踏み外さないという凄い人間が、小縁なのだ。

「――ともかく、こういうことです」

気を取り直したファティマは、ポケットから懐中時計を取り出した。

銅製の、花びら五枚を寄せて桜花を象る、シンプルな彫刻を施された蓋を持つものだ。それを開いて覗かせた文字盤は、チェーン側に六時がある。

「持ってますよね？　これと同じものを」

「ああ。俺のは、祖父《じい》ちゃんの形見だが……」

「私はお祖母さまにお守りとして貰《もら》いました。そして小縁さんも持っている――大ファティマと小縁さん、そしてあなたのお祖父さまである久礼空悟《くうご》の三人には、親交があるんです」

そういう繋《つな》がりがあったから、小縁はファティマを養女に迎えたのだ。

「だから最後のお客は、お祖母さまですよ――ええ、正直なところ、そうであってほしいという、私の願望ですが」

「そういうのは嫌いじゃない」

軽く笑ってファティマを肯定すると、空也はカウンターの内側にある、業務用ではない普通の家庭用冷蔵庫を開くと、最初からそれと決めていたのだろう、すぐさま一本のボトルを手に取った。

そのボトルを持ったまま、壁に設置された、ほとんどなにも置いていない戸棚にあったガラスのコップを、もう片方の手でまとめてふたつ摑《つか》む。

「ちょっと残念です。コーヒーでも煎《い》れてくれるのかと思ったんですけど」

「それはまたの機会にしよう。お前を見ていると、これを飲みたくなってな」

カウンターに肘を突き、祈るように組んだ手の上に顎《あご》を置いて、からかうようにくすりと笑う彼女の言葉をさらりと流しつつ、空也はコップにボトルの中身を注《そそ》ぐ。

「……香良洲くん」

透明なガラスの中で揺れる液体を見つめながら、ファティマは怪訝《けげん》そうな顔になった。

「……なぜ、麦茶なんです？」

「ずっと思っていた。お前の瞳は、澄んだ麦茶のようだと」

「……ギャグ？　……いえ、そうじゃないですね。大まじめに、心底本気で言ってる顔ですね、それは……」

がっくりと肩を落として、ファティマは呻いた。

からかわれているわけではないし、ましてや貶《けな》されているわけでもないが……琥珀色の瞳を、よりにもよって「澄んだ麦茶のよう」などと形容されるとは、あまりに予想外だったのだ。

「もうちょっとこう……あるじゃないですか。ブランデーとかウイスキーとか、なんならコーヒーとか、ハチミツとか、いろいろ」

「未成年が酒を持ち出すのはいかがなものか。そして俺の煎れるコーヒーは、悪魔のように黒く、地獄のように熱いぞ」

「天使のように純粋で、恋のように甘くはないんですか？」

博識なことを言う空也にツッコミを入れつつ、ファティマは差し出されたコップを受け取ると、その水面をまじまじと見つめた。

……黄金色にも似た茶色の麦茶は琥珀色に通じるものがあると、認めざるを得ない。

だからといって、自分の瞳に似た色を持つものとして麦茶を持ち出されるのを許容できるかといえば、また別の話だ。

「まあ……あなたらしいといえば、あなたらしいです」

受け入れるというよりは諦《あきら》めるような心持ちで、ファティマはそっと息をついた。

空也は、ここで歯の浮くようなセリフを口にするタイプではない。

ファティマの知っている限り、彼はいささかズレたボケ気質で、浮き世離れしていて、泰然としていて、他人に興味がないようでいて気遣ってくれる、そういう人間だ。

彼女の理解している通りなのだから、落胆するようなことではない。

「ふん……君の瞳に乾杯とでも言えば満足か？」

「香良洲くん。それは時代遅れというものでしょう」

拗ねたような顔でぶっきらぼうに、彼なりのロマンチックなセリフと思われることを声にした空也に、ファティマはたまらず吹き出した。

ただ、その内心で考える。

自分は彼のことを、それなりに理解できているだろう。それは彼を知りたいと思っているからだ。

だが……彼は？　彼はどうなのだろう？

最初から変わらず、あれこれ聞かずに、ただありのままの彼女をそのままに受け入れている

彼は、自分のことを知りたいと思ってくれているのだろうか？

第二章

——朝は、憂鬱《ゆううつ》だ。

物心ついた時から、ファティマにとって朝とはそういうものだ。

なにしろ、起床して、家族と一緒に朝食を取って、それから……長時間にわたる苦行が待っている。無遠慮な好奇心だの不躾《ぶしつけ》な視線だのに晒《さら》されるという、苦行が。

だから目覚めは憂鬱で辛く、できることならこのままずっと寝ていたいと、ベッドの中で時間ぎりぎりまで過ごすのがファティマの常である。

いや——「だった」だ。過去形だ。

最近は違う。

朝が、夜明けが待ち遠しい。

「……我ながら、なんてちょろい……」

今日も今日とて鳴り出す寸前の目覚まし時計を止めて、ファティマは苦笑した。

そしてベッドから降りるなり、手早くパジャマを脱ぐ。

ちらりと見た時計の針は、五時を指している。

「……時間、足りますかね……？」

不足を危惧しながら楽な作りの夜用ブラを外すと、彼女は昨晩、傍《そば》の椅子に用意しておいた着替えの上にある、普段使いのブラを手に取った。

「…………」

だがそれをつけることなく、ファティマはじっと睨《にら》みつける。

彼女の胸のサイズは、平均より大きい。

しかしそれはあくまで普通の範囲内での大きいであって、大きいに属するわけではない。あくまで比較論上においては大きいものの、カテゴリーとしては普通という、微妙な大きいだ。

逆にいえば、巨乳にも貧乳にもなれるサイズだ。

相応の苦労はあるだろうが、まあ、頑張ればなんとかなると想《おも》いたい。

「……香良洲《からす》くんは、巨乳派でしょうか？　それとも貧乳派？」

重要な問題だった。

それ次第では、努力の方向性が変わってくる――昨日したギャルゲーのヒロイン選択テスト、もとい嗜好調査は結局お流れとなってしまったので、未《いま》だ指針は得られていない。

いっそのこと、まどろっこしいことなどせずストレートに聞いてしまえとも思うのだが……

『香良洲くん。胸のサイズは大小、どちらが好みですか？』

『その前に、慎みのない女性に対する見解を述べようか？』

……ダメだ、聞けない。

「よし、保留しましょう」

イメージの彼にぞくぞくするほど冷たい目をされて、ファティマはその問題を棚上げすると、中断していた着替えを再開する。

そもそも、そんな長期的計画を要することにこだわっていられるほど、余裕のある立場ではないのだ。

他者とかかわることを嫌う人生を送ってきた彼女の身だしなみは、見苦しくない程度であれば満点というものでしかない。

だからいろいろ、残念なことになっている。

「まあ……肌が荒れてたり、髪が傷んだりしていないのが、救いですね」

人嫌いという性質により、ファティマは割合引き籠《こ》もり体質である。

そのおかげで日光に晒される時間が少ないのが、幸いしているのだ。

「ともあれ、髪です」

気合を入れて小縁《こより》からもらった三面鏡の前に座ると、ファティマはブラシを握りしめた。

お洒落《しゃれ》な服だのを揃《そろ》えるにも、まずファッションを勉強しなくてはならない。そしてお金も必要である。

とはいえ今は学生なのだから、日常の大部分は制服で誤魔化《ごまか》せる。

しかし髪に制服はない。学校規定の髪型などというものもない。

その上彼女の髪は銀色、この日本人だらけの土地にあって、とても目立つ色合いだ。

なによりもまずその特徴を、きっちり綺麗《きれい》に整えねばなるまい。

「……あ、ネクタイが曲がってる……」

ふと目についたネクタイの歪《ゆが》みが気になり、彼女は一度解《ほど》くと、丁寧に締め直す。

それからようやっと、髪に櫛《くし》を入れた。

ゆっくりと、丹念に梳《くしけず》る。

頭を右に傾け、左に倒し、指を入れて、絡《から》まりがないか確認……ＯＫ。

後頭部の高いところで髪をひとつにまとめてから、彼女は長年愛用しているバンスクリップへと手を伸ばした。

実用的かつ、愛想も洒落っけもない、機能美はあるがそれだけの、果てしなく地味なシロモノである。

「これも、買い換え時でしょうか……」

まだまだ使えそうな具合だし、愛着もあるが……地味なのが悪い。

胸中で断じつつ、束《たば》ねた髪を適当に折り返してクリップで挟む。

「……むぅ……」

鏡で確認し、ファティマは唸《うな》った。

クリップから上にはみ出させた髪は、柳か枝垂《しだ》れ桜《ざくら》かといった感じの緩《ゆる》い弧を描いているが、もっとツンツンと跳ねさせるべきだろうか？　それともしっとりと寝かせるべき？

（幸い長さはありますし、調整は利《き》きますが……そもそも香良洲くんは、どんな髪型が好みなんでしょうか）

そんなことを考えながら右を向き、左を向き、角度を変えて検討《けんとう》し、三面鏡とはなるほど、こういうことのためにあったのかと悟りを開く。

と――

「なにやってんだい、この子は……」

「小縁さんっ⁉」

唐突に聞こえた声にぎょっとして振り向けば、部屋の入り口に、小縁が呆《あき》れ顔で立っていた。

「起きてるなら、朝ご飯を作るの、手伝っておくれよ」

「え？　もうそんな時間ですか？」

驚いて見た時計が示す時刻は、既に六時を回っている。

たしかに、もうそんな時間だった。

「ああ……いつの間に……まだなんにもできてないのに……」

がっくりとうなだれるファティマを不思議そうに見てから、小縁はやれやれとばかりの笑みを浮かべてみせた。

「よくわかんないけど、顔でも洗っておいで」

「……あぅ……」

トドメだった。

服装だの髪だのにばかり気をとられて顔を洗っていないことに、ファティマは今さらながら気づいたのだ。

◆◇◆◇◆◇◆

顔を洗ったファティマが台所に入ると、そこには空也《くうや》が立っていた——と、いったところで、彼が台所に立つのはそう珍しいことでもない。

見慣れる程度にはよくあることだ。

（……あのエプロン姿を見慣れるのは、どうかと思いますが……）

ブレザーを脱ぎ、ネクタイを胸ポケットへと突っ込んだ彼が台所に立っているのは、朝食の支度《したく》をするためである。

だからエプロンも当然している——のだが、彼がしているのはフリルのついた、やけに可愛《かわい》らしいものだった。

しかも似合う。なぜか似合う。

「おはよう、ファティマ」

「おはようございます、香良洲くん」

包丁を片手にまな板と向かい合っていたものの、わざわざ手を休めて振り返った空也に、ファティマはジーンズ地のエプロンの腰紐《こしひも》を締めつつ挨拶《あいさつ》を返した。

それから、彼の手元を覗《のぞ》き込み、

「なにを作って——……」

言葉を失った。

彼の手元にあったのは、一口サイズに切り分けられた大根だった。

それだけなら絶句するほどのものではない。

そのいくつかがシンプルながら、蝶《ちょう》の形に飾り切りされていたからだ。

「……女子力が高いですね、香良洲くんは」

前々から、煮物にせよ味噌汁の具にせよ、飾り切りされていることがあるのには気づいていたが……全《すべ》て小縁がしているのだと思っていたのに、どうやら空也もしているらしい。

「暇潰《ひまつぶ》しにこんなことをするのは、男の所業だと思うが」

こなれた手つきで包丁の根元にある刃の始点、あごと呼ばれる部位で大根に切れ込みを入れながら、空也はさらりと言ってのけた。

「料理中に暇ができるほど手際のいい男の子が、どれだけいると……」

その上暇潰しに飾り切りを選ぶなんて、同年代の男子のみならず、女子を含めても少数だろう。

少なくともファティマには、そんな選択肢は存在しない。それ以前に、飾り切りなんてできない。

「ともかく、今朝《けさ》のメニューは?」

落ち込んできた気分に負けず、ファティマは話題を引き戻した。

「昨晩の煮物の残り、鮭のホイル焼き、大根の味噌汁、白米。なんというか……緑が足りんな」

「ホイルの中に、アスパラガスなりブロッコリーなりを入れてないんですか?」

「ああ。入れたのはタマネギだ。ふむ、もう一品作るか」

「いえ、朝からそんなに食べませんから」

和風に見えながら、ホイル焼きなどというイレギュラーを盛り込んだ朝食に、どんな緑色を加えるのか興味はあったが……既に量は足りているのだからと、ファティマは苦笑した。

「というか……エプロンした意味がないですよね、私」

「いや、俺《おれ》は大根を下茹《ゆ》でするから、味噌汁本体を頼む。それからそろそろ煮物を温めて、トースターも加熱して――」

「……香良洲くん。大根の飾り切りするほど暇なのに、どうしてそこまでやることが残ってるんですか？」

前言撤回、彼の手際はあまりよくなかった。

あれこれやっておくことが残っているにもかかわらず、というより、大根を味噌汁の具とするなら一番最初、水の状態から投入して茹でなくてはならない。なのになぜ、未だにのんびりと細工を施しているのか……正直理解に苦しむ状況だった。

「どうしてここまでやることが残っているかといえば、まあ……一緒に料理したら、楽しいんじゃないかと思ったからなんだが……」

目を逸らしてごにょごにょと彼が口にした言葉に、ファティマはぽかんとした。

（香良洲くんはこう……なんというか……時々妙に可愛らしい……）

そういったセリフは、女子である自分が言うものなのだろうが、彼が言っても問題があるわけではない。それどころかむしろ、破壊力が増しているような気すらする。

「……否定はしません」

照れくささを感じながら、ファティマは肯定した。

彼と並んで料理するというのは、ちょっと恥ずかしさを覚えるが、心が浮き立つものがある。

が、そんな彼女とは裏腹に、空也は渋面《じゅうめん》で溜息《ためいき》をついた。

「……一般家庭の台所にふたり並ぶというのは、無理があった。ぶっちゃけ狭い」

「……それも否定しません」

その狭さがいいのだという意見もあるだろうがしかし、料理するのに邪魔なのはいかんともしがたい。

だからファティマは苦笑して、彼の言葉に頷《うなず》いた。

◆◇◆◇◆◇◆

——香良洲空也にとって日常というものは、ただ漫然と過ぎ去るものだった。

面白《おもしろ》く感じる瞬間もあれば、つまらなく感じる瞬間もある。

なにに情熱を傾《かたむ》けることなく、なにを期待するわけでもない。

全て予想の範囲内というわけではないが、かといって驚くほど意外な出来事があるというわけでもない。

そういったものであり、ただただ過ぎ去って積み重なっていくもの、それが彼にとっての日常だった。

しかし——と、彼は教室の自席に座ったまま、胸中独りごちた。

(だったのだがな……変われば変わるものだ)

最近は違う。

張り合いがある。充実している。

過ぎ去るのが惜しい。だが同じくらい、先が待ち遠しい。

それもこれも、彼女がいるからだ。

――ファティマ・クレイ。

厳密には久礼《くれい》ファティマだが、空也の祖母である小縁の養子という素性が広まると説明が面倒なので、通称であるそちらの名で通している彼女。

ともあれ、彼女といるのは楽しいし……詮索《せんさく》しないという大前提があるのは気楽だった。

（それに比べて……）

対するその他大勢のことを思って、空也は憂鬱な息をついた。

（過去を知りたがるのは、まあいいとして……どうしてどいつもこいつも、憐れみたがるのだろうな……）

彼が半ひとり暮らしをしているのは祖母を心配した両親の意向であるのだが、それだけというわけでもない。

彼自身にも、両親の意向を受けるだけの事情というものがある。

しかしそれを説明するのは、空也にとって面倒くさいことなのだ。

いや、説明するだけならいい。

問題となるのはその後だ。

彼としては気にするようなことでもないのに、誰《だれ》も彼もが勝手に可哀想《かわいそう》だと決めつける。

(まったく……元から受けるつもりのなかった特待生の話が、消えただけだというに……)

彼は中学時代、剣道部に所属していた。

強い選手だった。特待生の話が出るくらいには。

だが中学最後の試合を前に、今も少しだけ後遺症の残るケガをして、引退したのだ。

特待生の話も当然消えたがしかし、彼にそんなものを受けるつもりは最初からなかった。

なにしろ当時いろいろあって、剣道に嫌気が差していたのだから。

なのに、その嫌気が差した剣道で結果を出さなくてはならない特待生になるなど、冗談ではない。

嘘《うそ》偽りなくそうなのだが……なぜか誰も彼もが、強がりを言っていると決めつける。

そして憐れむ。

実に鬱陶《うっとう》しい。

彼が元いた土地を離れたのはそういった、経緯を知っているが理解していない連中と縁を切るためであり、概《おおむ》ね成功していた。

が、高校生の身空でひとり暮らしに近い生活をしていれば、あれやこれやと憶測する輩《やから》が出てくる。

結局は鬱陶しい。

それゆえに、空也は根掘り葉掘り聞いてくる他人というものが嫌いなのだ。

（とはいえ、まあ……例外はいるか）

「くーちゃん、どしたの？　もう放課後だよ？」

その例外、こんな中学とは離れた土地にある高校なのにどういうわけか引き続き同級生で、さらには延々とクラスメイトになり続けるという、ここまでくるともう運命じみたものを感じざるを得ない紅葉《こうよう》に言われ、空也はひょいと肩を竦《すく》めた。

「ファティマがなにか企てているらしくてな、少し時間を潰《つぶ》してから帰宅しろと言われている」

彼は中学からの親友で、部活も同じ剣道部で、つまりは彼の事情を知っている人間なのだが、空也を憐れんだりはしなかった。

剣道を辞めたと伝えた時も、深く問うたりはしなかった。

実に得難《えがた》い友人である。

「ふぅん……え⁉　くーちゃん、今、なんて言った⁉」

「『少し時間を潰してから帰宅しろと言われている』」

なにかが引っかかったのだろう、驚愕《きょうがく》の声を上げる紅葉に、空也は小うるささうに顔をしかめた。

「いや、もうちょっと前」

「もうちょっと前……『俺、退部したから』か？」

「それはちょっとじゃない」

紅葉は溜息をついた。

『もうちょっと』どころではない、空也が持ち出した言葉はたっぷり一年は前のもの。

紅葉が聞きたいのはそんな太古の昔の発言ではなく、空也が今し方、彼女をなんと呼んだかだ。

聞き間違いでなければ、他人行儀な姓ではなく、親しげに名で呼んだような……

「付き合ってる」

勘づいた彼に、空也はいきなり核心を述べた。

わざと話を逸らしてから本筋に戻り、その上で一足跳びだ。

「え⁉　マジで？」

常人なら混乱しそうなその話法に、紅葉は戸惑いすらしなかった。

いや、戸惑いはしたのだが、奇襲めいた発言ではなく、あくまでその内容にしか戸惑っていない。

「……つまらん。こーちゃんは、実につまらん」

不満げに口元を歪めた空也に、紅葉は両手を広げて首を振る。

「いやいや、引っかき回して心臓をぐさりって、くーちゃんのいつもの芸風じゃん。そろそろ新技、覚えようよ」

ははっと小さく笑ってから、紅葉は忘れものに気づいたような調子でぱっと表情を改めた。

「付き合ってる⁉　あの、他人を寄せ付けない、氷のミステリアスと⁉」

「随分と面白い反応の仕方をするな、こーちゃんは」

先ほどとは真逆のことを言った空也は、ポケットから懐中時計を取り出した。

竜頭が上になっていたため、鎖を重さのままに滑らせて落とし、手の平の上で時計を回して正しい上下にしてから回転を止める。

それから本体を握り、竜頭の側《そば》にある開閉ボタンを押して蓋《ふた》を開いて時間を確認――するわけではなく、指先で蓋の表面を確かめるように撫《な》でながら空也は考える。

氷のミステリアスとは、また大袈裟な言い方をするものだと思うが……まあ、普段のファティマには似合っている。

なにしろ彼女はそうやって、構うなオーラを出すしか防衛策を知らない。

空也のように、煙に巻いたりいなしたりして適度な距離を保ちつつ他者を拒絶するなどという芸当は、できないのだ。

だから氷のようだなどと言われるし、ミステリアスなどと、かえって興味を惹《ひ》くようなことになる。

「……それ、面倒じゃない？」

紅葉は尋ねた。

腕時計のように眼前に持ってくればすぐに時刻を見られるというわけではなく、文字盤を見るまでに手間をかけているのが気になったのだろう。

「面倒といえば面倒だが、慣れれば愛着になる程度の面倒だ」

物思いを遮《さえぎ》られた空也は、ゆるゆると首を振りつつ話題を戻した。

「いらん心配だとは思うが、ファティマとのことは他言無用に願いたい。それとこの件、もう聞かない方がいいと忠告してやろう」

「そりゃまあ、言いふらしたりはしないけど……聞かない方がいいって、なんでまた？」

空也の言葉に、紅葉は疑問符を浮かべた。

前半はわかる。空也でなくとも、そういったことを嫌う人間は多いのだから、普通に理解できる。

しかし後半は、詮索嫌いの空也だからというのとは、また違った感じを受けたのだ。

「なに、簡単なことだ――」

ようやく蓋を開いて確認した時間は、放課後になってから十五分といったところ。

もう十分に時間を潰しただろうと判断し、空也は懐中時計の蓋を、握りしめるようにして閉めながら立ち上がると、口の端を片方持ち上げて、シニカルな笑みを浮かべた。

「――語るぞ。ファティマの魅力を、とめどなくな」

「うわぁ……キメ顔で言うことかな、それは……」

呆れ顔で呻《うめ》いた紅葉は、ふと表情を改めた。

笑っているが同時、とても真剣みのある、そんな表情に。

「――楽しそうだね、くーちゃん」

不意を突かれ、空也はきょとんとした顔になった。

それから何度か瞬きし、小さく頷く。

「……そう、だな。毎日が楽しいとは、ああ、こういうものだった」

◆◇◆◇◆◇◆

気を抜けば、ついうっかりスキップでもしてしまうのではないかと不安になるような足取りの軽さで、空也は帰宅した。

玄関というか、閉店中の喫茶店《きっさてん》の入り口ドアに鍵《かぎ》を差し込み、回す。

（さて、ファティマはなにを企《たくら》んでいるのやら……）

当然といえば当然だが、帰り道にはなにもなかった。

「かといって、店内になにかあるはずはない、と」

ここもまた久礼の家なのだから、ファティマも鍵を持っているが……この喫茶店は小縁の宝物なのだ。

その店で悪ふざけのひとつでもしようものなら、小縁がどれほど激怒するか、考えるだけで恐ろしい。

それだけに、いつもと変わらない店内を警戒することなく通り、空也はカウンターの裏にある店と居住スペースの境界、上《あ》がり框《かまち》で靴を脱いで家に入る。

あれこれ考慮するに、ファティマが仕掛けてくるのは、夕飯時ということだろうか？

「……だとしたら、俺はなんで時間を潰さなくてはならなかったのだ……？」

彼女と帰る機会を一回失ったという損失の大きさを思い、空也は嘆息しながら階段を上った。

そして憂鬱な気分のまま、自室のドアを開いて――

「……これはびっくり……」

――ファティマと目が合った。

しかも、彼女は半裸だった。

ブレザーとスカートは椅子の背に掛けられており、丁度脱いでいたところだったのだろうブラウスが、硬直している彼女の肩からするりと滑り落ちて肘の辺りで止まる。

「…………」

「…………」

なにか言うべきなのだろうが、うまく言葉が出ない。

ただただ空回りする思考の中、空也はぼんやりと、ライトグリーンとは爽《さわ》やかな色なのだ

なあと思っていた。

彼女の胸を包むブラジャーの模様である連続した菱形、つまりはアーガイル柄の色が、それだったのだ。

なにもなければ、そのまま一日は自失していただろうが……

空也は、冷水を浴びせかけられたような心持ちで正気に戻った。

あるいは彼女が、赤面して涙を浮かべるとかといった反応を示していれば、未だぼんやりとしていたかもしれない。

だが、制服をかけている椅子に手を伸ばすファティマの顔が、能面のような無表情となっているとなれば話は別だ。

(これは危険だ)

底知れない危機を感じた空也の取った行動は、どこまでも理性によるものだった。

極《きわ》めて理性的かつ速やかに、思考に時間を割くのは下策と判断してそれを放棄、直感に従うことにしたのだ。

つまりは緊急退避、彼は一歩後退しつつ、手を掛けたままだったドアを閉める。

「――出てけぇっ！」

そんな怒声と、情け容赦なく投擲《とうてき》された椅子がドアを殴りつけたのは、まさしく間一髪の直後だった。

どうにも釈然としない原因により、自室に入ることも許されなかった空也は、喫茶店スペースの客席にいた。

悪いのはどう考えてもファティマだ。

無断で部屋へと侵入し、勝手に不法占拠していたのだから、そうとしか考えられない。

だというのになんとなく罪悪感があることに不条理を覚えつつ、空也はだらしなくテーブルに突っ伏したまま、揺れる炎をぼんやりと見つめていた。

炎といったところで、なにかを燃やして遊んでいるわけではない。

アルコールランプの炎だ。

それで三つ脚のスタンドに載せた、ポットのようなヤカンのような形をしたもの——パーコレータを、加熱しているのだ。

その道具一式、いずれもガラス製。

おかげで沸騰した湯が噴水のように上部から吹き上がり、途中にある挽いたコーヒー豆を入れた籠を経由、成分を溶かし出しながら下に流れ落ちる様子がよく見える。

毎日こなしているその作業が心に余裕を取り戻させて、残ったのは結局、ひとつの疑問だ。

「……あいつは、なぜ俺の部屋で着替えていたんだ……？」

——小縁と喧嘩《けんか》でもして、家出したのだろうか？

一番あり得そうではある。

しかしファティマと小縁の関係は良好で、家出するほどのケンカをするとも思えないので、最大確率と見積もったそれですら、可能性としては極小だ。

つまり、さっぱり見当がつかない。

と――ファティマが、やってきた。

「お帰りなさい、ご主人さま」

上機嫌に、弾むような声で言う彼女の格好は、矢絣《やがすり》に無地の袴、そしてエプロンというもの。

「……ますますわけがわからん」

混迷を深める事態に、空也はテーブルに突っ伏したまま呻いた。

部屋を占拠されていたのは、大正女学生めいた出で立ちに着替えるためだということは理解できたのだが……なぜ、その格好なのか。そしてなぜ、そのセリフなのか。

「わかりませんか？　メイドさんですよ、メイドさん」

軽い笑みを浮かべながら、ファティマは袖《そで》を持ってくるりと一回転。

動きにつられて袴がふわりと舞い上がり、足元はブーツなのが視認できた。

「主人を追い出すメイドがいてたまるか」

その袴が落ち着くのを見届けてから毒づくと、空也はようやく身を起こす。

「それと、この店であまりふざけた真似《まね》をするな。祖母《ばあ》ちゃんに殺されるぞ」

状況は相変わらずわからないが、それだけはわかる。

この店に関することにおいて、小縁に冗談は通じない。

冗談は通じないがしかし、武芸には通じている。

ファティマはもちろん、空也ですら、たやすくねじ伏せられるだろう。

「いえ、それは大丈夫です」

だが彼女は、あっさりと断言した。

そんな彼女を、しばし怪訝《けげん》そうに眺めてから……空也はふと気づく。

「……そういえば、そういう血筋だったな……」

ファティマの祖母は、小縁の友人である。

つまり、ただ者であるはずがないのだ。

それこそ架空の存在にして名探偵の代名詞、シャーロック・ホームズが会得していたという謎《なぞ》の日本武術、バリツの使い手だったとしても不思議はない。

そんな血筋に加え、今や小縁の娘なのだから、優秀な血統が現在進行形で英才教育を受けていると言っても、過言ではなかろう。

「……ファティマよ。シャーロキアン・ライヘンバッハ・フロウジョンを使えたりしないか？」

「なんですか、その妖《あや》しげな呪文《じゅもん》は……」

脳のどの部分をどう使えばそんな単語が出てくるのかわからないし、わかりたくもない。

ファティマはゲンナリとした顔になると、これ見よがしに嘆息した。

「ともかく、私が大丈夫だと言ったのは、ちゃんと許可をもらっているからです。そもそもこの服だって、小縁さんにお借りしたものですし」

「なるほど……？」

空也はわかったような、わかっていないような、なんとも曖昧《あいまい》な面持ちになった。

在りし日の、まだこの店が営業していた光景を覚えてはいるが……小縁はそんな格好などしていなかった。すなわち、この喫茶店の制服ではないということだ。

かといって彼女が女学生だった時のものだとすれば、あまりに物持ちがよすぎるような気がする。

ただ……不可能と言い切れるほど、着物に詳しいわけでもない。

「ああ、今回はわかります」

彼の表情から、なにを考えているかを読み取ったのだろう、ファティマはひとつ頷いた。

あるいは彼女もまた、同じ疑問を抱いたのかもしれない。

「この袴、スカートみたいになってるんですよ。新しいものなんじゃないですか？」

袴といえば、まるでスカートをふたつくっつけたような、裾《すそ》がやたらに広い作りのズボンみたいなものだというイメージがあるのだろう、ファティマは袴をちょこんとつまんで持ち上げてみせた。

「別に新しいものではないぞ。紅緒さんもそれだしな」

「べにお？」

「……大正時代にはあったという程度の意味だ」

深く考えていなかったとはいえ、そしていくら大ヒット作とはいえ、少女マンガのヒロインを持ち出してしまったことに気恥ずかしさを覚えて、空也はお茶を濁した。

「はあ……浮気《うわき》でないのなら、構いませんが」

幸か不幸かわからなかったファティマは、追及するような真似はしない。

言葉通りの理由であり、より優先したいことがあったからだ。

「それより香良洲くん。なにか言うべきことがあるのでは？」

ちょっとだけ不機嫌そうに口を尖《とが》らせて、ファティマはその、優先したいことを口にする。

「……あー……」

気まずそうに、空也は不明瞭な声を出した。

どうやら先の一件、彼女はなかったことにしてくれたわけではないらしい。

「勝手に俺の部屋を使っていたお前が完全に悪いのだから、謝ったりはせんぞ？」

きっぱりと言い切ってから、見ておいて言及しないのは不義理ではなかろうかと魔が差し、彼は余計な一言を付け足した。

「まあ……可愛いデザインのブラだったとは思う……」

「そうですかー、可愛かったですかー」

空也の感想に、ファティマはにっこりと、胡散《うさん》くさいにもほどがある笑顔を浮かべた。

そしてそのままの顔で一度カウンターの裏に引っ込み、

「――フルスイングすれば、忘れますかね？」

フライパンを持って戻ってきた彼女に、空也はぎょっとした。

「落ち着け、ファティマ。人類に、特定記憶を喪失させる技術はない」

「大丈夫ですよ。特定せずとも、根こそぎ消せばいいだけですから」

「いやいや、待て待て。根こそぎ消える以前に、脳が機能停止する」

嫌な感じで目が真剣なファティマに、空也は少なからず引いた顔になった。

「まったく……誰がブラの感想を求めますか。この服ですよ、服」

呆れ顔になると、ファティマはフライパンをくるりと回して逆手に持ち、説教する母親めいた仕草で手を腰に当てた。

「今回は私に非がありますし、香良洲くんも男の子ですから、大目に見ますが……その、恥ずかしいんですから、言わないでください。忘れろとまでは言いませんので」

ついさっき言ったことと矛盾しているが、それは乙女心の複雑さというものだろう。

見られたことは恥ずかしいし、あまり思い出してもらいたくない。

だが、可愛いと言われて嬉《うれ》しくないわけではないし、あっさりと忘れられるのも悲しい。

「すまん……失言だった」

空也は素直に謝った。

感想は嘘ではないとも言いたかったのだが、さすがにそれはマズいと自重する。

「それと、似合ってる。当然、ブラの感想ではないぞ？」

「どうしてこう、あなたは……余計な一言を言わないと、死ぬ病気なんですか？」

うなだれ、額に手を当てて、ファティマはわざとらしく息をはいた。

別に、態度ほど呆れ返《かえ》ったというわけではない。

笑み崩れた顔を隠したかったのだ。

笑顔を見られるのなら、恥じらう必要もないが……だらしなく緩んだ顔は別だ。

そんな変顔を見られてしまっては、幻滅されてしまう。

「ひととお喋《しゃべ》りする趣味はないし、機会もそれほどないのでな、取捨選択がよくわからん。

まあ、今後の課題ということで、片目をつぶって見逃してくれると助かる」

とはいえ空也にしてみれば、そんないじらしい心根はわからない。

わかったのは、彼女が笑み崩れた顔を隠したがっているということだけだ。

だから、本当は見たくあったのだが、気づかない振りをした。

発言はいささか難《なん》ありなものの、そういう気遣いには長けている空也である。

「ええ、見逃してさしあげましょう」

その気遣いは、ファティマにもわかった。

わかったから彼女は、戯《おど》けた態度でそう言ったのだ。

「ところで香良洲くん。それ、なんですか？」

それからふと、テーブルの上でアルコールランプの火に加熱され、循環している液体を指さして、ファティマは尋ねた。

「なんですかとはまた、奇妙なことを……」

会話の間も休まずパーコレータの中を巡り続けていた液体に目をやることもなく、空也はさらりと答える。

「コーヒーだろう？　見るのは初めてか？」

少々意地の悪い質問をした空也に、ファティマは大まじめな顔で頷いた。

「ええ。そんな暗黒色の液体なんて、生まれて初めて見ました」

随分とご大層な表現をと思いきや、言われた空也が見たコーヒーは、暗黒色でもなお控えめな闇《やみ》だった。

なにしろ延々とコーヒー豆から成分を抽出していたお湯は、光をまったく反射しない色合いとなっていたのだ。

暗黒色などとは生温い、まるで空間に空いた穴である。

「……俺も初めて見た」

さすがに少し目を見張り、空也はアルコールランプを退《の》けると、蓋をして火を消した。

「まあ、毒になったということはあるまいよ――そうだな、今日は昔懐かしのコーヒー牛乳にするか」

が、すぐにあっさりと平然と独りごちたあたり、ここまで濃く煎《い》れたことこそないものの、近いことをいつもやっているのかもしれない。

「よし、メイド。牛乳と砂糖を持て」

「その設定、忘れてなかったんですね」

自分で言ったこととはいえ今さら持ち出されたことに、ファティマはいささか驚きながら歩き出した。

嫌がる理由はなかったし、フライパンもそろそろ戻したかったからだ。

「香良洲くん。牛乳は冷蔵庫でしょうけど、お砂糖はどこですか？」

「換気扇横の吊《つ》り戸棚――天井《てんじょう》の方の戸棚にある、仏教っぽい壺だ」

「なんですか、その得体の知れない表現は……」

換気扇のフードにあるフックにフライパンを吊したついで、ファティマはちょっと背伸びしながら、戸棚を開いて覗き込む。

仏教っぽい壺だなんてまるでイメージできないが、きっと見ればわかるだろう――などと考えていた通り、一目でわかった。

見た目どうこう以前に、壺がぽつんとひとつあるだけだったからだ。

ぺたりと貼《は》り付けてある御札が、仏教っぽいといえば仏教っぽいが……その御札に鮮やかな墨跡で書かれているのは経文の類ではなく、砂糖の一語。

おかげで塩と間違うなどという、ベタなミスをする余地すらない。

「……実にありがたそうなお砂糖ですね……」

取り出した壺を掌に載せ、空いたもう片方の手は腰に当て、本人としては仁王《におう》像、しかし傍目《はため》から見るとモデルのポージングのような格好を取って、ファティマはぼやく。

「元々は、千手観音型調味料スタンドなんて、お釈迦様《しゃかさま》もびっくりなシロモノの備品だ。罰当たりな上に場所を取って邪魔なので、本体は倉庫行きにしたが」

「……泥棒が倉庫に入ったら、びっくり仰天でしょうね」

ぼやきが聞こえたのだろう、壺の由来を口にした空也に、ファティマは心底どうでもよさそうに応《こた》えた。

それから冷蔵庫を開いて牛乳も手に取って……気づく。

片手には砂糖壺、もう片手には牛乳パック。そして当たり前の話だが、ファティマの手は二本しかない。

なので少々はしたないが、腰で冷蔵庫のドアを押して閉める。

「ふむ……男がやると見れたものではないが、女の子がやるとこう……いろいろふわふわと揺れて、華があるな」

「変なこと言わないでくださいよ。男だって普通にやるでしょうに、こんなこと」

見ていたらしく、そんな感想を口にした空也に、ファティマは頰《ほお》を赤らめながら頼まれたものを手渡した。

「やるかどうかではないよ。男がやっても様にならないと言っているだけで」

「……存外、そうでもないような気もしますが……」

受け取った諸々を一旦《いったん》テーブルに置き、ガラスのパーコレータを手に持って、マグカップに中身を注《そそ》ぐ空也の手を見ながら、ファティマはつぶやく。

彼の動作は、流れるようだった。

洗練されているというわけではない。ただただ同じことを何度も何度もやった果てに辿《たど》り着いた、熟練の手つき。

同じ境地に辿り着いているのなら、男が腰で冷蔵庫を閉めるのも、なかなか様になるような気がする。

「？　別に、砂糖に火を着けて焦《こ》がしながら入れるなんて芸はないぞ」

その視線に気づいたのか、不思議そうな顔をしながら、空也はマグカップの半分ほどコーヒーを入れたところでパーコレータを置いて牛乳を手にし、残り半分をそれで満たす。

「そもそも、お前がどれくらい砂糖を入れるのかを知らん。というわけで、砂糖はセルフサービスだ」

「……私がどうこうより、このコーヒーにどれだけ入れればいいのかが、さっぱりわからないのですが……」

ぼやきつつ、ファティマは空也の正面の椅子に腰を下ろした。

次元の穴めいていたコーヒーは、牛乳のおかげでキャラメル色になってはいたが、油断は命取りだろう。

「まあ、牛乳を入れた時点で、大分マシになっているとは思うが……」

呻く彼女に同意しつつ、空也はマグカップを摑《つか》むと、砂糖を入れずに一口啜《すす》った。

「だ、大丈夫なんですか⁉」

ぎょっとしてファティマは尋ねたが……空也は、顔色ひとつ変えていない。

どうやら見かけ倒しで、思ったほどではないようだ。

(ここまではともかく、濃く煎れるのはいつものことみたいですし……そういう豆を使っているのかも……)

ファティマはそう判断しながら、彼へと問いかける。

「香良洲くんは、コーヒーが好きなんですか？」

インスタントではなく、手間暇かけて煎れているのだから、そういう趣味なのだろうと思ったのだが、

「いや、別にそうでもない」

　空也は、あっさりと首を振った。

「パーコレータの中でお湯がぐるぐる巡っているのを見ながら、ぼんやりするのが好きなだけだ。紅茶や緑茶より口に合うからコーヒーにしているが、好きというほどでもないな」

「なるほど……パーコレータは、コーヒー通の間では、あまり人気がないようですしね」

　納得しつつ、ファティマもマグカップに手を伸ばした。

　彼の様子を見る限り、飲んでから砂糖の量を決めても、問題はないだろう。

「香気が飛ぶとかなんとかだそうだが……とはいえ、ドリップは作っていてつまらん。サイフォンはなかなか楽しいが、一回だけだしな――待て、ファティマ」

　知ってはいるが知ったことかとばかりに言い放つと、空也は、マグカップに口をつけようとした彼女に待ったをかけた。

「死ぬほど苦い。なんなら砂糖は、壺のを全部入れてもいいくらいだ」

「なら、そういう顔をしましょうよ」

　やはり平然とした顔で言う空也に、ファティマは思わず吹き出した。

　あるいは先の自分と同じ、情けない顔を見られたくないからなのではないかと思うと、なんだか愉快でたまらなかったのだ。

ひとしきりダークマター、もといコーヒー牛乳を堪能してから、再び戻った空也の部屋、そこにある椅子に和装のままちょこんと腰掛けて、ファティマは室内を見回した。

実のところ――などともったいぶるようなことでもないのだが、ファティマには、気になっていることがある。

いや、気になっていることなどいくらでもあるのだが、今ひとつ挙げるならばこれというものがあった。

(香良洲くんは、普段どうやって過ごしているんだろう……)

告白すれば、着替えで使った時、さすがに調べ回るような真似こそはしなかったものの、本棚程度は観察させてもらった。

が、収められている本は実に雑多で、およそ統一性というものがない。

彼から受けるイメージとは異なり、並べ方すら適当で、漫画の隣に歴史裏話本があり、続いて推理小説、怪奇小説、民話集、手品辞典といった感じである。

その乱雑さからして読んでいないということはあるまいが、いかにも適当に突っ込んだような本の並びは、彼が読書を余暇のメインにしていないということを窺《うかが》わせた。

「なにか、面白いものでもあったか?」

「あ、ごめんなさい。ルール違反ですよね、部屋を観察するのは」

詮索しないのがふたりの前提ならば、部屋を検分するのもまた然《しか》りだ。

それゆえに咎《とが》められたと思ってファティマは謝罪したが、件のカオスな本棚を漁っていた空也は、気にしていないとばかりに片手を振った。

「見られて困るようなものは、見つけられるようなところに置かない主義だ、別に構わんよ」

「だからといって、あると言ってしまうのはいかがなものかと……」

「ないと言ったところで、嘘だというのは明白だろう？」

虚言どうこうではなく紳士協定なのだろうが、空也は違う道を選んだらしい。

「ここはひとつ正直に言って、お前の寛大さに期待することにした。不健全なものを所持していないことこそ不健全だと、割り切ってほしい」

「まあ……香良洲くんも男の子ですし……」

実際、空也の言う通りなのだろうとは思う。

思うのだが……どうにも、言いくるめられているような気がしてならないファティマである。

「さて。お前が寛容さを遺憾なく発揮したところで、だ」

「そのもの言いが遺憾なのですが……」

いささか強引に話題を変える空也に、ファティマは半眼となる。

——なんとなく、攻め時な気がした。

攻めて彼を陥落させても、なんの得もない。

それどころか、空也が所持する不健全アイテムを開陳でもしたら、とても困る。

いわゆる虚しい勝利というヤツだ。

（……ここは、流すべきですね……なんとなく、惜しいですが……）

そうとわかってなお未練はあったが、ファティマは彼に譲ることにした。

「ふむ……お前がそれほど強く望むならば、見せざるをえんか……まるで気は進まんのだが、お前の納得に重きを置こう」

しかし空也が、得心していないファティマに無駄な聞き分けのよさを示す方が、一歩早かった。

「あー……いえ、香良洲くん。私、そんなに強く望んでいませんヨ？」

途端、ファティマは掌を返した。

嫌な予感がしたし、単純に考えてもロクな展開が思い浮かばず、我知らず声が上擦《うわず》っていた。

「いや、ファティマ。俺は思い直した。納得は重要だ、俺が恥を忍んでお前がそれを得られるのならば、いいだろう、恥を忍ぼう」

「うわー……まったく無用な男らしさを……」

なにやら格好いいことを言う彼に、ファティマは目を泳がせた。

おそらく空也も、ここが攻めどころと踏んでいる。

あるいは最初から彼の策に嵌《は》まっていたか。

どうにも意図的に攻め気を誘われ、ものの見事にカウンターをもらっているような気分がしてならない。

「さて、冗談はここまでにしておこう。開き直ったお前が乗り気となったら、それなりに困る」

やはりそういうことなのか、ひょいと肩を竦めて攻防の終わりを告げた空也は、一言付け加えた。

「それと、どうも勘違いしているようだから言っておく。隠しているのは、猟奇殺人鬼のプロファイルとか、マレウス・マレフィカルム――魔女狩りハンドブックとかだ」

「変化球だか直球だか、よくわからない不健全さですね……」

呆れ顔で、ファティマはぼやいた。

暗いものに惹かれる気持ちが朧気《おぼろげ》にはわかるので納得できる不健全さだが、予想していなかった不健全さだった。

「私はてっきり、えっちな本だとばっかり……」

「それに関する言及は、しない方がよかろう。意気投合しても虚しいし、そんなもので意見が対立、そして破局となったら、洒落にもならん」

「そうですね、同意しましょう」

ゲンナリとした顔で言う空也に、ファティマは深々と頷いた。

とはいえ——おくびにも出さないが、ちょっとだけ興味はあった。

彼の趣味嗜好が、はっきりとわかるだろうからだ。

「で、だ。ファティマよ」

「なんですか?」

仕切り直すためだろう、改めて切り出す彼に、ファティマは小首を傾げた。

そんな彼女に空也は、本棚から取り出したCDケースをピザよろしく立てた人差し指の上に乗せてくるくると回しながら、言葉を継ぐ。

「ふたりでなにかして遊ぼうと思うのだが、どうしたものかな? ゲーム機、トランプ、将棋《しょうぎ》にチェスもあるが……お前の意見を聞きたい」

「……意見、というわけではないんですが」

彼がずらりと並べたラインナップの中に、どうにも腑《ふ》に落ちないものがあって、ファティマは首を捻《ひね》った。

「なぜ、チェスがあるんです?」

ゲーム機はわかる。

トランプは手品辞典が本棚にあったから、その道具だろう。値段も手頃《てごろ》だし、取っ掛かりとしてあっても不思議はない。

将棋もだ。詰《つ》め将棋などというものがあるのだから、ひとりで暇を潰すには悪くない。

しかしチェスは……わからない。自分で黒と白の両陣営、双方の指し手となるのだろうか。

「詰めチェス、気取った言い方というか、正式にはチェス・プロブレムというものがあるからだ。とはいえ、あまり性に合わなかったんだが……理由は聞かないでくれ。俺にもよくわからんのだ」

ファティマは、一番最初に浮かんだ考えをそのまま口にした。

「似合わないからじゃないですか？」

どう考えても空也には、チェスの駒《こま》より、将棋の駒の方が似合っている。

そんなもの、好き嫌いには関係ないとは思うのだが……口にしてみれば、奇妙な説得力があった。

「……不本意ながら納得した。なのでチェスはやらん。絶対に、絶対にだ」

「もしかして……拗《す》ねちゃいましたか？」

力強く言い切る空也に、ファティマは可愛らしさを感じて、こっそりと笑みを漏《も》らした。

それを、空也は見逃さなかった。

「決めたぞ。ありがちだが、ポーカーをしよう――コテンパンにしてやる」

言いながら空也はＣＤを本棚に戻すと続けざま、脇《わき》の小棚にあったトランプケースを手に取った。

「そんな勝負運がものを言うゲームで――」

なんとも古めかしい宣戦布告をした空也を一蹴《いっしゅう》しかけたファティマは、ふと気づいた。

ポーカー、トランプ、手品辞典……

「香良洲くん。まさかあなた、イカサマをするつもりじゃないでしょうね？」

「心外だな。そんな卑怯《ひきょう》な真似、俺がするはずはなかろう」

取り出したカードを、カジノのディーラーが務まるような水際立った手つきでシャッフルしていた空也は、言い終えると同時にその底面を見せた。

「スペードのエースですね」

彼女の言葉に了解したとばかりに小さく頷いた空也は、トランプの束を寝かせて右手をかぶせると、手裏剣でも投げるようにカードを一枚、ファティマの膝《ひざ》へと飛ばした。

そしてファティマは催促されるまでもなく、そのカードを引っ繰り返して図案と数字を確認する。

「……スペードのエースですね」

少し驚いたように、ファティマは整った眉《まゆ》を片方だけ上げた。

束の上から一枚を投げて寄越したようにしか見えなかったのに、彼女の手元にあったのは、束の底にあったはずのカードだった。

（ボトムディール……実に鮮やか、まるでわからなかった……）

トランプは普通、上から順に配る。

だがそうと見せかけつつ、一番下のカードを配るのがボトムディールだ。

それだけなら、さほど意味はない——下に、欲しいカードを仕込んでいたりしない限りは。

そんなイカサマ初歩のテクニックを、空也が見せたということはつまり……

「正々堂々、真っ向からイカサマ勝負というわけですか」

理解したファティマは、くすりと笑みをこぼした。

イカサマは、発覚しないように行うものだ。

発覚しないよう、意識させずに行うものだ。

だというのに予告のような真似をするなど、イカサマの本質から外れている。

しかし、空也らしくはあった。

あまりに彼らしいから、ファティマは笑みをこぼしたのだ。

「自分で納得できるレベルでできたら、前回よりうまくできたら気分がいい。その程度のもので、誰かに見せるつもりなんてなかったんだが——」

真意を看破《かんぱ》された空也は、気恥ずかしそうな笑みを浮かべながら、トランプの束をファティマへと差し出した。

「今は、これでお前をあっと驚かせたいと思っている」

「だったら、なにも言わずにやればいいのに……」

受け取ったファティマは、持っていたスペードのエースを一番上に置いてシャッフルする。

「まあ、あなたは、そういうひとなんでしょうね」

空也はファティマが思っている通り、そんな性格なのだろう。

ちょっとした悪戯《いたずら》は好きだ。なにかの試合で、策を駆使したり、トリッキーなプレイをすることにも肯定的だ。

かといってそれは、卑怯なことや小狡いことが好きということではない。ダーティなプレイなど、嫌悪するところだろう。

その表れが、イカサマのテクニックを見せたということ。

策と卑怯、トリッキーとダーティ――それらの境界は曖昧だ。どこかに分かつ一線はあるのだろうが、どこにあるかはわからない。

そういうものなのだが、さしあたって、空也の一線はそこらしい。

「盤外戦は好まないが、盤面の上なら割合なんでもアリ、そう考えていいんですか?」

シャッフルしたトランプの一番上に手を置くと、ファティマは、手裏剣でも投げるように空也へと一枚飛ばした。

「あくまで割合だがな。いくら盤面の上でも許せないものもあるし、認められないものもある」

飛ばされたトランプを空中で見事にキャッチした空也は、その中身を確認する。

「……驚いた」

空也の手元にあったのは、スペードのエースだった。

ファティマがシャッフルする前に一番上へと乗せたはずの、スペードのエースだった。

「不意打ちだったからわからなかった、なんてつまらんことは言わん。やるとわかっていても、これは看破できなかった……見事なフォールスシャッフルだ」

シャッフルしているように見せかけつつ、実際にはいくつかに分けたトランプの束を、塊《かたまり》単位で入れ替えているだけというテクニックが、フォールスシャッフルだ。

それを使えば、一番上に乗せたカードをシャッフル後にまた一番上にするなど、造作もない。

「そこまで手放しで褒められると、さすがに照れますね」

ファティマは、悪戯に成功した子供のように、会心の笑みを浮かべた。

「手頃ですからね、トランプは。手品だけではなく、ひとりで遊ぶにも、占いにも使えますし」

トランプの束を渡しつつ言うファティマに、空也は同意する。

「俺は、占いはやらんがね。カードを投げてものを斬《き》る練習はしたが——ちなみに、ネギくらいなら斬れるようになった。使い道は聞くな、きっとない」

「ところで香良洲くん。どうやってポーカーをするつもりですか？　どう考えても、配る方が有利なのですが」

「ふむ……」

ファティマに指摘され、空也は思案顔となった。

たしかに、イカサマを仕掛けやすいディーラーの方が有利だ。というより、ディーラーになった時点で、もう勝負は決してしまっている。

だからといって、お互いテクニックを見せ合ったのだから、普通に勝負するというのも面白くない。

「一回交代でディーラーをしよう。相手に配ったのが自分の役——つまりは、イカサマを見破られずにより高い役を作るゲームだ。とはいえ事前の積み込みは好きにしていい。それと、先攻もお前でいい」

「グッド。そのルールで受けましょう」

椅子から立ち上がって再度差し出されたトランプの束を受け取り、対戦ルールへの署名代わりとしたファティマは、ベッド脇にある机の上にカードを並べだした。

が、その途中でふと手を止めると、首だけで空也を振り返る。

「……見ないでくださいね？」

「そんな無粋はしない」

渋面で答えた空也は、それまでファティマが座っていた椅子に腰掛けると、座面を回して背中を向けた。

（ええ、知ってますよ、もちろん）

声には出さず、ファティマは胸中でこっそりとつぶやいた。

空也は、そういうことはしないだろう。

トランプを並べ直して、狙《ねら》った役を出せるようにしているところを見れば、どんなイカサマを仕掛けようとしているのかはわかる。

それをわかっていれば、イカサマをする瞬間を捉《とら》えるのは簡単だろう。イカサマを看破できていなくても、見破ったりと言い張ることができる。

そして空也は、下準備をしているところを見てはいけないなどというルールは提示していない。

だから見たとしても、ルール違反ではないのだ。

しかし空也はそんなことを決してしないという確信が、ファティマにはあった。

ルール以前の信頼、ゲームを成立させる基盤だからこそ、彼はそんな真似をしない。

いっそ悠然と脚を組む空也の背を見ながら、ファティマはひっそりと笑みを浮かべる。

イカサマ前提のゲームでこんなことを言うのもおかしいが、空也はフェアなのだ。

そんな彼の在り方が、とても心地よい。

（っと、いけない……仕込みをしないと……）

それを示すような背をもう少し見ていたかったが、それこそゲームが成立しない。

未練を断ってイカサマの下準備に戻ろうとしたファティマの視界の隅で、空也の頭が動いた。

「……香良洲くん？」

——彼は覗き見るようなことをしない。

ことここに至ってなおその信頼は揺るがないが、それだけになにをしているのかわからなくて、ファティマは怪訝そうな声を上げた。

「…………」

彼は、それに答えない。

「…………香良洲くん？」

もう一度呼びかけるが、やはり返事はなかった。

意地悪している様子ではない。

駆け引きという感じもしない。

わけがわからず困惑するばかりのファティマの眼前で、かくんと空也の頭が落ちた。

とはいえそれも一瞬のこと、彼はすぐに顔を上げると、背中越しに言葉を投げる。

「すまん……もしかしなくても、寝てたか？」

「ええ、そのようですね。もしかして昨晩、寝付けなかったんですか？」

ぼんやりとした彼の声音《こわね》に、ファティマは首を傾げた。

約束なしの突発的なものとはいえ、ふたりでいる時に寝てしまうような無礼を、空也がするとは到底思えなかったのだ。

「……昨晩というか、ここ数日だ……見られたくないものをどう隠すのか考えるのは、存外楽しくてな……思いついたら即実行できるというのは、歯止めが利かなくていかん……」

「なるほど」

本格的に眠気を催してきたのか、あくび混じりな空也のセリフに、ファティマは納得した。

凝り性なのは、なんとなく察していた。

そうでなければ誰に見せるわけでもない、自分さえ納得できればいいボトムディールを、水際立ったレベルでできるようになったりはすまい。

「困ったひとですね……」

うつらうつらと船を漕《こ》ぎ始めた空也の背を見ながら、ファティマは微笑んだ。

夢中になったら、寝ることよりそれを優先するなんて、あまりに子供っぽい。

年齢以上に大人びた空也なら自制できそうなものなのに、正直にいえばらしくないのだ。

だが、その意外な子供っぽさが可愛らしい。

「いいですよ、寝てしまっても」

だから、トランプを整えて机に置くと、ファティマは優しい声でそう告げた。

「……すまん、甘えさせてもらう……」

言われた空也は、素直に頷いた。

かといってベッドに向かうこともなく、椅子に座り直して腕組みをすると、すぐに寝息を立て始める。

見た目以上に眠気を堪《こら》える限界だったのだろうが、あまりにも速やかな睡眠への移行に、ファティマは呆れた声を出した。

「……気を許してもらってると、思いましょうか」

小さく息を吐くと、ファティマは足音を殺して彼の正面へと回り込んだ。

そして丁度いい位置にあったベッドの端へと腰を下ろして頬杖《ほおづえ》を突き、彼の寝顔を、まじまじと眺める。

「香良洲くんは、寝ると幼く見えますねえ……」

険が抜けたというわけではないが、落ち着きとか余裕とかいったものをもたらしていた表情がなくなったせいで、歳《とし》相応に見えるのだろう。

「……可愛いなあ……」

我知らず軽い笑声を立てつつ、ファティマは空也を見つめた。

寝顔なら、一度見たことがある。

告白の、彼が緊張のあまり気絶した時のことだ。

しかしその時は切羽詰まった様子で、ここまで穏やかではなかった。

そういった意味では、初めて見る空也の寝顔だった。

いや、もっといえば、初めて見る男子の寝顔だった。

「……本当に、無防備……」

考えてみればお互い、他人に踏み込まれる隙《すき》を見せないよう、気を張り詰めているのが常だ。

こうやって眠気を許すほどに気が緩むということが、どれほど貴重なことか……

だがそれは、空也だけではない。ファティマもだ。

「……ふぁ……ふゅ……」

穏やかな空也の寝顔に誘われたように、ファティマはあくびを漏らした。

昨晩あまり寝ていないのは、彼女も同じ。

空也にどうやって奇襲を掛けるか、驚いてくれるだろうか、そんなことをずっと考えていて、
空が白み始める頃に、ようやく寝付いたのだ。

「……こういうのも、たまにはいいですよね……」

つぶやいたファティマは、空也の組んだ脚に腕を置くと、それを枕《まくら》として頭を乗せた。

さすがに無理のある体勢で、腰の辺りに負荷がかかっているのを感じる。

だがファティマはそれ以上に、居心地のよさを覚えていた。

「どうせ暇なんですし、少しだけ……」

空也の傍は安心できて、そして安全。

無邪気に信じているその感覚へと身を委《ゆだ》ねて、ファティマは目を閉じた。

「…………——」

ゆっくりと目を開いた空也の目に映ったのは、柔らかい銀色だった。

結構な時間寝入っていたらしい、既にとっぷりと日は沈み、カーテンの隙間《すきま》から明日にも新月になるだろう細い月の、弱々しい光が入っている。

その月光を受けて、ファティマの銀髪が淡く輝いているのだ。

「……ファティマ……?」

彼女はこちらの膝に頭を預け、穏やかな顔で、安らかな寝息を立てていた。

眠りに落ちる直前、彼女は帰る時にちゃんと鍵を掛けていってくれるだろうかと心配していたのだが……的外れだったらしい。

「……隙だらけだな……俺が男だということを、忘れているんじゃないか」

まるで無防備な彼女に、空也は苦笑を浮かべた。

——わかっている。

彼女は空也が男だということを、忘れているわけではない。

ファティマはそれほど間抜けではないし、迂闊《うかつ》でもない。

承知の上で、彼を信頼したからこそ、こうやって無防備なところを見せているのだ。

そんな信頼を裏切れる空也ではない。

「とはいえ、まあ……寝顔を眺めるくらいは、許してもらいたい」

ファティマも見たことのない優しい顔でつぶやいた空也は、言葉と裏腹に、カーテンの隙間から覗く月を見上げる。

脚にかかる彼女の重みが、ただひたすらに心地よかった。

そのまましばし、静かに時が流れて……

「まずいな……とっくに夕食の時間が過ぎてる……祖母ちゃんに叱《しか》られるぞ……」

空也はふと、そのことに気づいた。

気づいたのだがしかし、

「……まあ、もう叱られることは確定している、ならもう少し、このままでいさせてもらうか」

空也はそれでも、この穏やかな時間に浸ることを優先させた。

◆◇◆◇◆◇◆

翌日——

「学校サボって、なにをするかと思いきや……」

小縁は、台所に立っているファティマに視線を向けながらぼやいた。

彼女の言う通り、時刻はまだ昼過ぎだ。

そして今日が平日である以上、学生は学校で勉学に勤《いそ》しんでいなければならない時間である。

だというのに、ファティマは家にいた。

彼女は学校をサボタージュして、早退していたのだ。

「なんで、クリームを作ってるんだい？」

「香良洲くんに手料理をと思いまして」

ボウルの中身を泡立て器で小気味よい音を立てて攪拌《かくはん》しつつ、ファティマは答えた。

――昨日は空也のことをまた少し知れたし、楽しかった。

だから決して悪い日ではなかったのだが……空也は相変わらず空也で、奇矯《ききょう》な行動をした
ファティマに、なにも質問してこなかった。

つまり主目的が、まるで達成できていない。

それゆえに、次の一手だ。

（これはきっと、香良洲くんのコーヒーにも合うはず……）

母がよく作ってくれた菓子パン――丸く焼いたパンの中身をくり抜き、甘いアーモンドクリームを詰めたもの。

濃く煎れたコーヒーと一緒に食べれば、口に残る苦みを、程よく解かしてくれるだろう。

（それになにより――）

そう。なにより重要なのは、ファティマの両親の母国ではありふれた伝統料理だが、日本では珍しいということだ。

これならばきっと、空也もなにかしら聞きたくなるに違いない。

そうなればファティマが自身を語る、丁度いいきっかけになる。

「ふぅん……こういう場合、うちの孫をよくやったと褒めるべきなのか、うちの娘にしっかり捕まえときなと言うべきなのか、どっちなんだろうねえ……」

生クリームを小さなスプーンですくって味見するファティマを見つつ、小縁はつぶやいた。

特に誰かに向けてというわけではない独り言だったのだが、ファティマは耳聡《みみざと》く拾って小首を傾げる。

「どちらを悪く言われてもいい気はしないので、普通、片方は悪く言うものなのでは、などというツッコミは入れませんが……捕まえとけ、とは？」

見る目があると褒められるとか、もっといい男がいるだろうと窘《たしな》められるとかならば、一意見として覚えておくに留めたが……捕まえとけとなれば、話が違う。

空也にはなにかあるのではないかと、とても気になる。

とはいえ、さほど致命的な問題ではないらしい。

あっさりとした口調で小縁は答えた。

「空也は、空悟《くうご》さんにそっくりなのさ」

空悟、というのは、小縁の今は亡き夫、空也にとっては祖父に当たる人物の名だ。

「ま、そっくりなのは根っこだけで、基本的には随分違うんだけどね……いや、あたしが空悟さんに初めて会った時は、なんだいこの軟弱な男はって、随分見くびったもんだよ」

「はあ……」

語る小縁の真意が読めず、ファティマは茫洋《ぼうよう》とした声を出した。

空也は齢《とし》不相応に落ち着いているだけで、軟弱という雰囲気はない。

だからむしろ、なにもかも違うと言われた方が納得できるのだが……どうやら、そうではないらしい。

「本当にいい刀は、きちんと鞘《さや》に入ってるもんだってのは、けだし名言さね。うん、あのひとはそういうひとで、安っぽい刃物みたいに、ぎらついたりしないだけだったのさ」

「香良洲くんも、力を見せびらかしたりするような、安っぽいひとではありませんが」

少しだけ語気を強めて反論するファティマに、小縁はからからと笑ってみせる。

「まだまだ、今は空悟さんの真似をしているだけのナマクラさ。あの子はお祖父《じい》ちゃん子だったしね――おっと、悪く言おうってわけじゃないから、そんなに睨まないでおくれ」

言下に否定されて機嫌を悪くするファティマを宥《なだ》めながら、小縁は優しく目を細めた。

「長ずれば空也も、空悟さんみたいないい男になるだろうっていう年寄りのノロケで、孫自慢さ。そしてそうなりゃ、見る目のある女は放っておかない。刀を抜くようなことにでもなれば、安い女も寄ってくるだろうね」

「………」

体験談なのか、妙に重々しい小縁の言葉に、ファティマは彼女が言いたいだろうことを悟り始めた。

「だから、しっかり捕まえておけ、と?」

「一度気持ちを定めたらもう、あっちこっちふらふらするような子じゃないと思うけどね――ところでファティマや」

フォローなのか、さらりとそう言った小縁は、呆れ顔で台所を見回しながら言葉を継いだ。

「うちの孫ってのは、こんなに大食らいなのかい?」

大量に焼かれたパンは、所狭しとキッチンに並んでいた。それどころか、居間のテーブルにも並んでいる。

「いえ、まあ……綺麗な形で焼けるか不安だったので……」

バツが悪そうな顔で、ファティマは答えた。

下手な鉄砲だから数を撃ったのだが、いささか焼きすぎだという自覚はあったのだ。

◆◇◆◇◆◇◆

「ううむ……」

低く唸りながら、空也は店のドアを開いた。

気になっているのは、昼前に早退したファティマのことだ。

心配無用とのメールをもらっていたが、だからといって心配しないはずもない。

なにせ体調を崩す原因は、すぐにいくつも思いつくほどにあるのだ。

季節の変わり目、変化した生活、高いストレス負荷、などなど……

ぱっとそれだけ浮かぶ上、体調が悪くなるには一晩あれば十分なのだから、昨日はたしかに元気そうだったなど、ただの気休めだ。

帰り際の様子も不調そうではなかったが、そんなものアテにはできない。

(ファティマは、弱いところを見せるのを嫌うだろうしな)

ただの推測だ。

だが、自信のある推測だった。

元より他者にあれこれ聞かれるのを嫌う性格なのだ、そんな付け入られそうなもの、見せないに決まっている。

「見舞いに行くか……となれば、なにか持って行きたいものだが、さて、なにを用意したものか……」

　定番ならフルーツだが、それほど体調が悪くないのなら、退屈をしのげる本の一冊でも渡した方が気が利いているだろう。

「お帰りなさいませ、ご主人さま」

「ああ、ただいま」

　昨日と同じ衣装で、袴の裾をカーテシーよろしくちょこんとつまんで挨拶してくるファティマに、空也は気のない返事をした。

　そしてカウンターに学生鞄《かばん》を置きつつ、問う。

「なあ、ファティマ。ファティマの見舞いに行こうと思うんだが、なにを持って行ったらいいと思う？」

「桃の缶詰とかどうですか？　黄色いのじゃなくて、白いのがオススメですよ」

「なるほど……財布にも優しい妙案だ。では、帰って早々だが出かける。留守は任せたぞ、ファティマ」

「はい、お気をつけて行ってらっしゃいませ――なんて言うわけがないでしょう。いつまでボケ続けるんですか」

　ブレザーの内ポケットに財布があるか確認し、そのまま踵《きびす》を返そうとしていた空也は、ツッコミを入れられて足を止めた。

ゆっくりと振り返り、つぶやく。

「……禁断症状か。ファティマの幻覚が見える。幻聴もする……」

「ツッコミを拒否します――もう、ちゃんと心配しなくていいって、メールしましたよ。見てないんですか？」

「たとえば俺が早退し、心配しなくていいとメールをしておいたとして、お前はそうですかと心配しないのか？」

問い返されたファティマは、即答した。

「しないはずがないじゃないですか」

一瞬たりとて悩まない、空也の言葉尻を嚙《か》むほどに早い否定である。

「……すみません、私の想像力不足でした。猛省します」

さらに、反省も早い。

見ていて可哀想に思うほど、ファティマはしゅんとなって肩を落とした。

「そこまでしょげ込むようなことではないよ。俺も、いささか心配しすぎた」

予想外に凹んでしまった彼女に慌てながら、空也は内心、自分の口下手を呪う。

もっと柔らかい言い方はできないのかと、頭を抱えたい気分だった。

「いえ、心配してくれたことは嬉しいんです。嬉しいから、申し訳ないんです」

とはいえファティマの方は、悪く受け止めたりはしなかったらしい。

驚いた顔で軽く上げた両手を振りながら、空也の言葉を訂正する。

「だから……ごめんなさい。大丈夫、私はいたって健康ですから、はい」

心配されたことは本当に嬉しかったのだろう、謝罪する彼女の顔は、照れくさそうにはにかんでいた。

「いや、うん……なら、いいんだ」

そういう話ではなかったはずなのだが、絞り出せる言葉がそれしかなくて、空也はとりあえずそう言った。

それから妙に気恥ずかしい沈黙を嫌い、まるで意味のない声を出す。

「……あー……」

「えっと……」

ファティマも同じだったのか、適当に時間を稼ぐ言葉を口にした。

さりとてまるっきり空也と同じというわけではなく、彼女は話題を見つけたらしい。

「そう、メイドはコーヒーをご所望ですよ、ご主人さま」

もっともそれは、相当に混乱が窺えるものだった。

「メイドが主人にコーヒーを煎れろと言うか……実に滅裂だな」

だが、この場合はありがたい。

空也は素早く指摘すると、カウンター裏に回ろうとしたのだが、

「ああっ！　今のはナシ、撤回です、香良洲くん！」

当のファティマに止められて、彼は足を止めた。

「おとなしく席に着いてください！　パーコレータは私が運びますから！」

「俺がコーヒーを煎れるところは、撤回しないのか……」

やけに必死な様子の彼女に苦笑をひとつ、空也は客席へと方向転換しながら続ける。

「パーコレータは流しに置いてある。気をつけてくれよ？　落として割るのは構わないが、お前がケガをするのは嫌だし、掃除をするのも面倒くさい」

「よもや、香良洲くんの余計な一言が、ありがたいと思う日が来ようとは……」

普段なら困りものでしかない余分な言葉に冷静さを取り戻し、ファティマは複雑な笑顔を浮かべながら、彼と入れ違いにカウンター裏へと向かう。

「コーヒー豆は、冷蔵庫のガラス壺だ」

「ガラス壺って……キャニスターでわかりますよ」

「そうか……キャニスターというのか、それは」

わかりにくかろうという気遣いで、ガラス壺などと言ったわけではないらしい。

空也は感心した顔で頷いた。

「物知りだな、ファティマは」

「うわあ……素直に褒められてるのに、全然嬉しくないですよー……」

あははーと愛想笑いをしつつ、ファティマは冷蔵庫を開けてすぐ見つかった、片手で摑めるサイズの小振りなキャニスターを手に取った。

中にはあらかじめ挽いているのか、粗く砕かれたコーヒー豆が半分ほど入っているのが視認できる。

続いて彼女は、目についた水の入ったペットボトルも持つと、客席に戻る。

「こういうの、よくないらしいですよ。挽いておくと、酸化が進みやすいですし」

掌に載せたキャニスターを掲げて示しながら、ファティマは知識を披露した。

もっともそれは昨晩勉強して、知ったばかりのものなのだが。

「そうらしいが、挽かれた状態のを買ってるんでな。パーコレータ向けに挽くのはもちろん、コーヒーミル自体、回すのに気を遣うので疲れる」

キャニスターは知らなくても、そちらは知っていたらしい。

ひょいと肩を竦めた空也は、パーコレータ使いとは思えないことを口にすると、少し恥ずかしそうな顔となった。

「最初の時、細かくし過ぎて、コーヒーが豆のカスだらけになったしな」

「？　ろ紙を敷かなかったんですか？」

「そういう面倒がないのが、パーコレータのいいところだ」

「もうインスタントでいいんじゃないですか？　それ……」

どうやら本当に、パーコレータで中身が循環する様だけが好きらしい空也に、ファティマは呆れ顔で呻く。

パーコレータならインタントの粉末でも問題なさそうだし、昨日みたいに煮詰めて失敗するということもないだろう。

だというのに、彼には彼のこだわりがあるらしく、空也はゆるゆると首を振る。

「それだと最初から同じ色でつまらん。色を変化させながら回っているのがいいんだ」

「なんというか……香良洲くんは面倒ですね……」

隠すことなく悪態をつき、ファティマはキャニスターと水をテーブルに置いた。

「俺ほどわかりやすい人間も、珍しいと思うのだが……」

「わかりやすさと面倒さは両立するんですよ、香良洲くん」

しれっと言い切ったファティマは、今度はパーコレータを取るために、席には着かずカウンターへと戻った。

「ふむ……」

その後ろ姿を見ながら、空也は不明瞭な思案声を出す。

（わかりやすく面倒なのか、俺は……まあ、ファティマが嫌がっている様子もなし、気にすることもないか）

一瞬で結論に達し、空也は思い出したように口を開いた。

「ファティマ、冷蔵庫の横に、お盆が吊してあるからな」

「トレーって言いましょうよ、喫茶店なんですから――ああ、これはお盆ですね、たしかに」

セリフ半ばで目的の品を見つけたファティマは、彼の言葉に納得した。

そこにあったのは金属製の円盤ではなく、木製の、大振りな長方形の板。

どちらにせよトレーであることには違いないのだが、なるほど、これはたしかにお盆と呼ぶべきものだった。

「最初に思い出せればよかったのだがな、滅多《めった》に使わんから忘れていた。すまん」

「いえ、どうせ往復はしなくてはならなかったし、むしろ丁度いいです」

謝る空也にそう返し、ファティマはお盆にパーコレータを載せた。

傍にあったアルコールランプと三つ脚のスタンド、マグカップふたつも忘れずにお盆へ。

そして最後に、彼がカウンターに入るのを阻止した理由である、皿に出しておいたパン菓子を載せると、ファティマは客席へと足を向ける。

「丁度いい？」

「ええ、丁度です」

首を捻る空也の前に到着したファティマは、そっとお盆をテーブルに置きながら言う。

「実はですね、このために早退したんです。これは――」

「凄いな……自分で焼いたのか、このポットパン」

そのお盆に載っていた一品、丸いパンの上部を切り、中をくりぬいてアーモンドクリームを詰め、切り取った部分を蓋にしたものを見て、空也は唸った。

「セ・ム・ラです。なんですかポットパンってどうしてこのタイミングでそれなんですかそれもうご飯ですよねコーヒータイムじゃなくて」

「す、すまん……そ、そうか、セムラか」

両手を腰に当てて、長広舌《ちょうこうぜつ》を一息で言い切ったファティマに、空也は圧倒された。

そんな彼に、ファティマはしまったという顔をする。

こんな流れは想定していなかったので、つい全力でツッコミを入れてしまったのだ。

「……まあ、いいです。どうせ作りすぎてしまったものの、お裾分《すそわ》けなんですから」

「ツンデレを気取るなら、もう少しツンを入れる必要があると思うんだが……そんな疲れた風ではなく」

「いつまで幸せな勘違いをしていられますかね……」

低く不気味に笑いながら、ファティマはお盆の上の品々をテーブルに並べた。

空也のために作ったのだからお裾分けというのは嘘だが、作りすぎたというのは嘘ではない。

おそらく今日の夕食の頃には、空也も知るだろう。

コーヒータイムに毎回出し、毎食のデザートを全てセムラにしたところで、食べきるのに数日はかかるだろう在庫が小緑の家に残っていることを。

そして、空也はあまり気にしないだろうが……カロリー換算した場合、いったいどれほどの量になることか。

具体的な数字など、ましてや消費するのに必要な運動量など、考えたくもない。

だが今は、いずれ挑まなければならない恐怖を忘れることにして、彼女は咳払《せきばら》いした。

「さて、気を取り直して——コーヒーを煎れてくださいな、ご主人さま」

「メイドなら、自分で煎れろと言いたい。とても言いたい」

半眼で言う空也に、ファティマはにっこりと微笑んだ。

「主人の楽しみを奪うような真似、メイドの作法にはございませんわ」

「お前に煎れてもらうというのも、楽しそうなのだが……まあ、一方的にもてなされるというのは、主義に反する」

いかにも作った口調で言い返され、空也は小さく息をついた。

本当に彼女がメイドならばともかく、これはごっこ遊び、こだわるようなことではない。ましてや今のままでも十分楽しいのだから、ファティマのおねだりに応えない方が狭量というものだろう。

「それで、どれくらいの濃さで煎れれば、このセムラとやらに合うんだ？」

パーコレータの蓋を開け、中のバスケットを取り出してから水を入れつつ、空也は問うた。

香りからしてセムラは甘ったるそうだが、ならどれだけ苦みの効いたコーヒーが合うのかなど、空也にはわからないのだ。

「普通に煎れれば、ひどいことにはならないと思いますよ。昨日ほど濃いと、甘みと苦みがフュージョンして、甘苦い味になりそうですが」

「昨日のは失敗だ、忘れてくれ」

空也は渋面でアルコールランプに火を着けると、パーコレータの下へとやった。

「……暗くすると、ちょっとロマンチックかも……」

「その代償は、手元も見えず色合いもわからないで作った、闇鍋みたいなコーヒーになるぞ」

ロマンを現実で粉砕した空也は、出しておいたバスケットにコーヒー豆を敷く。

キャニスターからスプーンですくい、さらさらとこぼすようにして、丁寧に、均一に、バスケットの底に降り積もらせる。

「闇鍋は闇鍋で、ロマンがあると思いますが……あれって、やったことがあるひと、いるんですかね？」

「さあな……アンケートを取ろうにも、それほど知り合いがいるわけではなし、俺も知らんよ」

行儀悪くテーブルに両腕を載せ、その上にちょこんと形のいい顎《あご》を置いたファティマを見つつ、空也は答えた。

——会話が途絶える。

お互いなにも喋らない。

かといって、なにか話さなければという焦燥もない。

ただ穏やかに、アルコールランプで熱される水を眺めるだけの時間が漂う。

(こういうところですよね……香良洲くんのいいところは……)

加熱された水が上昇し、まだ温まっていない水と入れ替わり、ガラスのパーコレータの中で陽炎《かげろう》のように揺らめく様子をぼんやりと眺めながら、ファティマは胸中でつぶやいた。

彼の沈黙は、怖くない。

だんまりが終わった次の瞬間、嫌な詮索をしてくるという不安がないのだ。

なにを恐れることもなく、静かさに身を委ねていられる。

「退屈か?」

「そう見えますか?」

ややあって水が沸騰した頃、尋ねてきた空也に、ファティマは微笑んだ。

「眠そうな猫そっくりの顔をしていた。それをどう判断すればいいのか、俺にはわからん」

パーコレータの中にバスケットを戻しながら、空也は首を傾げる。

「その例えがわからないですよ」

いったいどんな顔のことを指してそう表現するのかわからず、ファティマは苦笑してから、ようやく気づいた。

当たり前のように、談笑を再開している。

自然と彼が口を開いたことを受け入れ、ごく普通に応えている。

「退屈といえば退屈ですが……なんて言えばいいんですかね、この気分は。とりあえず、悪い気分ではないです」

まるで、まどろんでいるような心地だった。

心躍るようなことはないが、ひたすらに気が楽。いや、そもそもにして、その気分というものがぼんやりとしている。

「んー……一番近い表現は、眠い、ですかね」

「それは、退屈というんじゃないのか？」

「香良洲くんは、素朴ですねえ……」

じゃれるように言い合って、くすくすと笑いながら、ファティマは身を起こした。

「あなたが煎れてくれたコーヒーを飲むのは初めてですから、楽しみです」

「では、本気でコーヒーを点《た》ててやろう」

あえて『初めて』という言葉を使ったのは、昨日の失敗を揶揄《やゆ》してのことだと捉えて、空也は不敵に笑ってみせた。

「点てるって……お茶じゃないんですから……」

「別にお茶の専売特許でもない。コーヒーであれ紅茶であれ、それくらいの芸がいる。でなければ、喫茶店など存在せんよ」

至極もっともなことを言い、空也はじっとパーコレータの中身を見つめた。

「それはそうでしょうけど……根本的な問題として、香良洲くん、それくらいの芸を持ってるんですか?」

「たまには美味《うま》いコーヒーを飲んでみたいと思うことはあるし、そんな『たまに』の中に、練習する気になることもある。さらに、気力が続くこともな。時間があることは、言わなくてもわかるだろう?」

「香良洲くんが時間を持て余しているだろうということは、私も同じなので想像できますが……」

交友関係が絶無に近いのだから、プライベートはそのまま全てひとりで過ごす時間となる。

その点、ファティマと空也は同じだろう。

だからこそそう前置きし、ファティマは小さく溜息をついた。

「そんな、二つも三つも奇跡が起きないと練習できないということは……つまり、そんな芸はないと、遠回しに言っていますね?」

「さて……あとは仕上げをご覧じろというヤツだ」

気取った口調で言った空也は再び口を閉ざすと、視線をパーコレータに戻す。

「では、おとなしく楽しみにしていましょう」

テーブルに肘を突き、組んだ指に顎を乗せ、ファティマは一緒にコーヒーの色具合を見ている振りをしながら、彼の真剣な顔を盗み見た。

（こうも真剣な顔の香良洲くんは、新鮮かも……）

初めてかもしれないと今までを振り返って、ファティマは、以前一度見たことを思い出した。

――告白の時だ。

途端、顔が熱くなる……などということはなく、彼女はでれっと、表情を崩した。

告白を受けたのは、割合軽い気持ちだったような気もするが、つくづくそれで大正解だったと自分を褒めたくなる。

なにせ、思っていた以上に相性《あいしょう》がいい。

彼が隣にいると心が安らぐ、ただその一点で受けた告白だったが……そればかりでなく、楽しい。

安っぽい言い方をすれば、彼と付き合い始めてからというもの、毎日が輝いている。

「ああ、そういえば……」

脈絡もなく気づいて、ファティマはなんでもない様子で口を開いた。

「私から言ったことは、なかったですよね」

「なにをだ？」

「――好きですよ、香良洲くん」

「……それは、俺にミスをさせようという謀略か……？」

空也は捻くれたことを口にしたが、そんなものは照れ隠しだと、ファティマはお見通しだった。

「さて、どうでしょー」

彼の頬に朱が散っているのを見て見ぬ振りで、ファティマはいたずらっぽく笑う。

「おとなしく待つと言っておいてこれか……まったくもって質《たち》の悪い……」

「いいじゃないですか。言いたくなっちゃったんですから」

あくまでからかう口調のままだが、決して嘘ではない。

一度もそれを彼に告げてないと気づいたら、言いたくなったのだ。もう、我慢できないほどに。

「はいはい、ありがたく受け取っておくとするさ」

軽口かなにかだったように受け流しながら、空也は内心、冷静さを装うので必死だった。

彼女が冗談でそんなことを言うタイプでも、言えるタイプでもないことくらいは、理解している。

いや、知らなかったとしても、本心からの真言だったということはわかっただろう。

（……あんな笑顔で、言われてはな）

とても幸せそうな、嬉しそうな笑顔だった。

だから、本心からの真言《しんごん》だったことはわかっているのだ。

しかし同時、ここで真っ正面から受け取ってしまうと、彼女は真っ赤《まっか》になって縮こまってしまうだろうこともわかっている。

(それはそれで可愛いに決まってるから、見たくはあるんだがなあ……)

この雰囲気を壊すのと引き換えにしてでも、とまでは思わない。

今は今で心地いい時間なのだ。失うには、あまりに惜しい。

「──っと、こんなものか」

物思いに耽《ふけ》って危うく頃合《ころあ》いを見逃すところだった空也は、慌ててアルコールランプをパーコレータから引き離した。

「お、できましたか」

彼の言葉を聞いたファティマは、指示されるまでもなく、カップを注ぎやすそうな位置に並べた。

「うむ、できたぞ」

そこへ、空也はコーヒーを注ぐ。

昨日のように、次元の穴と見紛《みまご》うほどではないものの、液体はやはり黒い。

「……あまり言いたくはありませんが……黒いですね……真っ黒です、漆黒です……」

「青かったり赤かったりしたら、おかしいだろう」

おそるおそる言うファティマにさらりと応え、空也は彼女の前に音もなく、コーヒーで満たしたカップを置いた。

「桃の種には毒性があってな……かってそれを利用した、桃の種を食べさせる刑罰があった。これは、無実のものは恐れず一気に食べるので嘔吐感に襲われて吐き出すから無事なのだが、無実を偽るものは恐れて少量ずつ囓り、吐き気を堪えられるレベルのまま致死量を超えて、死に至るという刑罰らしいぞ」

「なんでここで、その雑学を開陳するんですかね……」

わかっている、彼は一気にいけと言っているのだ。

半眼で呻いたファティマは、両手でそっと、カップを包み込むようにして持ち上げる。

「まったく……コーヒータイムなのに、一気に飲ませてどうするんですか？」

息を吹きかけ湯気を散らすと、彼女は微笑んだ。

「怖がる必要はないと言いたかっただけで、他意はない。そもそも、種ひとつでは致死量にならんらしいしな」

「コーヒー一杯では死なない、と、いうことですか。なるほど、それなら安心です」

軽口を叩き、ファティマは冷ましたコーヒーに口を付け――目を閉じた。

「……美味《おい》しい……」

昨日のものは失敗作だということはわかっていたから、今日の、彼が真剣に煎れたコーヒーが不味《まず》いとは思っていなかった。

かといって、あまり味に頓着《とんちゃく》していなさそうな彼のことだから、美味しいだろうとも思っていなかった。

だがこれは……

「いえ、美味しいというわけじゃないんですけど……不味いというわけでも、普通というわけでもない……不思議な味わいです……」

味そのものは普通のコーヒーだ。砂糖もミルクも入れていない、極めて平凡なブラックコーヒーだ。

しかし、口当たりがまるで違う。

――柔らかかった。

自らを強く主張するわけではない。穏やかで、静かな味だった。

そして深い。

豊かな風味に、意識すら沈み込みそうになる。

「あえていうならば、そう……底無し沼のような……」

それほどの味わいなのに、味そのものはただのコーヒーでしかないというのがなんとももったいないと思いながら、ファティマは感想を口にした。

「もうちょっと、違う言い方をしてくれないものかな」

微苦笑を浮かべた空也に、ファティマは今にも舌を出さんばかりの稚気《ちき》溢《あふ》れる意地悪さで応じる。

「ひとの瞳《ひとみ》を麦茶扱いするひとには、分相応というものです」

「悪く言ったつもりはなかったのだが……まあ、雅《みやび》さに欠けていたことは認める」

麦茶が悪いなどということは断じてないが、それにたとえられて喜ぶ女の子というのは、滅多に存在しないだろう。

もっとも空也にとっては存在の多寡《たか》ではなく、ファティマがそうなのかどうかだけが問題なのだが。

「とはいえ、ちょっと考えてみてほしい。俺が趣深い言葉でお前を褒め――」

言われた通り、ファティマは想像したのだろう。

空也の切り返すセリフの半ばだというのに、彼女は血の気を失い、真っ青《さお》になった。

そして、振り絞るように声を出す。

「香良洲くんは、今のままでいてくださいね。お願いですから……」

「……この話題は、もうやめよう。誰も幸せにならない」

よもやここまでの反応をされるとは予想だにしておらず、空也はいささか傷ついた顔をしながらセムラに手を伸ばした。

蓋となっている部分が持ち上がるほどたっぷりとクリームの詰まったそれを持ち上げ、問う。

「ところでファティマよ、これはどう食べればいいんだ？　自慢ではないが、シュークリームだの鯛焼きだのは苦手科目だぞ。妙なところから中身がこぼれて、いつも難儀する」

「前言撤回。そのあたりは変わってください。もう少しだけでいいですから、器用に」

これ以上なく露骨な話題変更に、にっこりと胡散《うさん》くさい笑みを浮かべたファティマもまた、セムラに手を伸ばした。

とはいえセムラ本体を掴むことはせず、彼女は蓋の部分をつまみ、彼へと示すように持ち上げる。

「蓋でクリームをすくうんですよ。そしてコーヒーの後味と合わせるんです」

――まあ、今回は、であって、別にセムラ単体でもいいんですけどね。

一言付け加えたファティマは手本を見せるようにコーヒーを一口飲んでから、苦みの残る口中にクリームを含んだ。

（……香良洲くんのコーヒーに、負けてますね……）

ゆっくりと混ざり合い、移ろいゆく味の感覚を楽しみながら、ファティマは胸裏《きょうり》でつぶやいた。

味だけならさておき、彼の煎れたコーヒーの深み相手では、彼女の作ったクリームは、あまりに軽薄だ。

合わせるものとして、まるで釣り合っていない。

これでは――

「実にもったいない。俺のコーヒーでは、ミスキャストというものだ」

「……え？」

思っていたことと正反対のことを言われ、ファティマは狐につままれた顔になった。

「うん？　だって、そうだろう」

そんな彼女の顔を不思議そうに見ながら、空也は言葉を継ぐ。

「天使のように純粋で、恋のように甘い――ああ、実に美味しいよ、お前の作ったこの菓子は。合わせるのが俺のコーヒーで、恥ずかしいほどだ」

「……――」

キザったらしいセリフでべた褒めされて、ファティマは言葉を失い、口を無意味に開閉させた。

（お、思っていたのと違う……！）

つい先ほど想像したばかりだ、歯の浮くようなことを言う空也は。

だがそれは、こんな風ではなかった。

想像では軽薄で、薄っぺらかった。

こんなに真摯《しんし》で、誠実ではなかったのだ。

「まま、まあ、セムラは季節もので、もうぎりぎりアウトなんですけどねっ」

心から出た言葉なら、たとえキザったらしいものでもこれほど似合うものなのかと高鳴る胸に慌てて、ファティマは彼に聞かれた時用にまとめておいた知識を並べ立てた。

「そういうものなのか？　とはいえ、餅《もち》が年中売っている昨今だ、誰が気にするものでもなかろうよ」

「真夏におせち料理を食べてたら、誰だっておかしいと思いますよ」

「そこまで季節外れなわけではなく、ぎりぎりアウトな程度だろう？」

言い返してくるファティマを軽く流して、左手にコーヒー、右手にはクリームを載せたパンを持ったまま、空也は小首を傾げた。

「もしかして、話題を変えた方がいいか？　どうにも、調子が狂っているようだが」

「……お願いします。褒められて悪い気はしないのですが、なんか、こう……浮ついてしまって、落ち着きません……」

居心地悪そうに身を縮こまらせながら、ファティマは情けない声で答える。

他者と距離を置いていた代償だ、称賛されることに免疫がない。

もったいないと思うのだが……どう反応すればいいかわからず、このままだと変なことを口走ってしまいそうだったのだ。

「気持ちはわからんでもない。正直、褒め足りない気分なのだが……俺とて、照れくさくて身の置き場に困るだろうしな」

「わかってるなら、手加減してください！　香良洲くんは、どうして時々妙に意地が悪くなるんですか……！」

ファティマは恨みがましい目で睨みつけたものの、彼は穏やかな笑みで、それを平然と受け止めた。

「そうだな、どうしてだろうな」

「うぐ……！」

反論してきたりしたのなら、やりようもあった。

だが、こうも悠然と、まるで呑《の》み込《こ》むような態度を取られては、手の打ちようがない。

ファティマは小さく呻くと、再びコーヒーを口にした。

「——その服、気に入ったのか？」

「え？　ああ、この服ですか」

事前に確認はされていたのだが、それでも少々間が空いたことに加え、あまりに急激な話題転換に、ファティマは鳩が豆鉄砲を食ったような顔をしてから頷いた。

「そうですね……着心地がいいですし、結構気に入ってます」

見せられるような私服の持ち合わせがないからというのもあるが、気に入っているというのも嘘ではない。

「そうか。似合っていると思っていたから、渋々着ているとかでなくてよかった」

「……『よかった』？」

普通なら、引っかかるような言葉ではない。

しかし、なにやら安堵《あんど》した風な彼の様子に、ファティマは引っかかりを覚えて聞き返す。

そんな彼女に頷いて、空也はゆったりと言葉を継いだ。

「うん……少し、思いついたことがあってな。付き合ってくれると嬉しい」

◆◇◆◇◆◇◆

——そして、夜。

夕食も終わり、食べに来ていた空也もとっくに帰った頃、

「なんだってまた、そんな格好をしてるんだか……ファティマ、それは寝間着じゃないよ」

小縁は、呆れた顔でそう言った。

どういうわけか、風呂《ふろ》にも入った後だというのに、ファティマが矢絣《やがすり》に袴という格好で居間をうろうろしていたからだ。

「わかってますよ。ただ、ちょっとそのぅ……」

はにかみながら、ファティマがもごもごと言葉を濁している最中、玄関のチャイムが鳴って来客を告げた。

「こんな時間に、なんの用さね……ああ、いいよ。夜の来客になんざ、嫁入り前の若い娘が出るもんじゃない」

お隣が回覧板でも持ってきたのだろうと思って、小縁は出ようとしたファティマを止める。

「いいえ、私が出ます。おそらく、こんな格好をしている理由が来たと思いますので」

しかしファティマは首を振ると、軽い足取りで玄関へ向かった。

「理由が来た？　……ああ、そういうことかい。やるじゃないか、空也も」

その様子から事情を察し、くつくつと笑った小縁も、義理の娘を追って玄関に向かう。

そして玄関にいたのは、やはり空也だった。

が、それを見た途端、小縁は深々と嘆息した。

「なんだってまた、そんな格好をしてるんだか……」

ついさっき言ったばかりの言葉を、今度は孫に向けて小縁は繰り返した。

察するに、ファティマのあの格好は空也のリクエストで、おそらくこれからデートなのだろうが……彼の格好は、いかにもぱっとしない。

着古したジーンズとシャツ、上着は無地の、和服の上に着るような羽織《はおり》――完全に普段着だ。

「祖母ちゃん。気取った服のひとつも持ってないことに今さら気づいて、凹んでいる孫に追い打ちをかけるのはやめてほしい」

少し滅入《めい》った顔で、空也は溜息をついた。

彼とて、普段着のままで平気なほど朴念仁《ぼくねんじん》ではない。一度帰って服を選ぶ段階になって、ようやく服がないことに気づくような間抜けではあるが。

「仕方のない孫だね……ちょっと待ってな」

そんな孫を見てやれやれとばかりに首を振った小縁は、家の奥に引っ込んだ。

それを見送ってから、空也はファティマに、申し訳なさそうな視線を向ける。

「すまん。気の利いた服があれば――」

「また、青ざめる私を見たいんですか?」

謝罪する空也を遮って、ファティマはいたずらっぽく笑ってみせた。

元より、彼にお洒落なんてものは期待していない。夕食後、わざわざ帰宅したのを不思議に思ったくらいだ。

それに彼女自身、洒落っけのある服なんて持っていないのだ。なのに似たようなものと予想していた彼が、ここでびしっと決まったコーディネートで登場したら、ショックで卒倒していただろう。

「とはいえその羽織だけは、妙に浮いていますが……」

和風のアウターだ、似合ってはいるのだが持っているのが奇妙といえば奇妙で、ファティマは首を傾げた。

「祖父ちゃんがよく使っていてな。真似といえば真似なのだが、少し肌寒い時など、重宝している。ちなみに既製品ではなく、祖母ちゃんの手縫いだ」

「サマージャケットでも買えばいいじゃないですか……」

その方がむしろ似合わなさそうだが、ファティマは一般論を口にする。

しかし空也は、ゆるゆると首を振って穏やかに否定した。

「祖母ちゃんの――永く、祖父ちゃんの時代から延々と作り続けてきた祖母ちゃんの手縫いなんだ、これは。もはや、オーダーメイドというより、魔改造品の方がしっくりくる」

「……耐熱耐酸耐衝撃、耐燃焼に防弾防刃性能くらいはありそうですね」

「そんな化学実験向けの機能があってたまるか。あるのは――」

無茶苦茶なことを言い出したファティマに笑うと、空也は羽織の内側、懐《ふところ》と呼ぶには低い、腰の辺りに左手を差し込む。

「――まず、クセのある逆さ文字盤懐中時計用に設計されたホルダー」

そして抜き出された手には懐中時計が、ヘッド側にある六時が下に、つまりはそのまますぐに見られる形で収まっていた。

眼前へと持っていく間に自然とチェーンに引っ張られてそうなるよう、ホルダーを低い位置にしてあるのだろう。

「ああ、やっぱりお祖父さまの時代から、ナースウォッチ形式は不評だったんですね……」

時計を戻した空也は、納得顔で頷くファティマをきっぱりと無視して続ける。

「さらに、大量に増設されながらも、使い分けしやすく配置されたポケット。小刀やドライバーを、動きの邪魔にならないよう、かつ目立たないで懐に忍ばせられるベルトもある」

「小刀は鉛筆を削るのに使ったんだろうなーと察しがつきますが、羽織を羽織ってドライバーを必要とするって、どんな状況なんでしょうね……いえ、そもそも、なんで目立たないようにしなくちゃいけないんですか」

ツッコミ放題のファティマに応えたのは、戻ってきた小縁だった。

「空悟さんは、手品みたいに、ぱっとものを出すのが好きだったのさ——ほれ、空也。これでもかぶってお行き」

彼女は言いながら、持っていたものを空也に放った。

受け取った空也は、それをしげしげと見て、つぶやく。

「祖母ちゃん……なぜ、ここで学帽なんだ……？」

由来はわかる。おそらく空悟が使っていたものだろう。物持ちのよさは常軌を逸していると思うが、そんなところだと推測できる。

だが、小縁がどうしてそんなものを持ち出してきたのかがわからない。

「あー？　袖を通さずに羽織を肩に掛ければ、釣鐘《つりがね》マントっぽくなる。それで学帽をかぶれば、ファティマに釣り合う学生スタイルになるだろうよ」

「なるほど、納得した」

たしかに、ファティマだけ古めかしいファッションをさせるというのもよろしくない。

空也は小縁の意図に頷いて、帽子をかぶった。

これで、絵面としては大正浪漫の出来上がりというわけだ。

「なんというか……学生ではなく、帝都の魔人みたいですね」

「ふははは——褒め言葉と受け取っておこう。ガッデム」

ファティマの評価に、ノリよくひとしきり哄笑《こうしょう》してからがっくりと肩を落とした空也は、羽織の袖から腕を抜く。

続いて懐中時計をホルダーから取り出すと吊していた鎖を外す。

それでなにをするかと思いきや、襟元《えりもと》両方の隠しボタンに鎖をかけて、羽織が落ちないようにした。

「つくづく得体の知れない羽織ですね……なんでそんな機能まであるんですか……」

「急な雨に遭った時、背負った荷物にかけて濡《ぬ》れないようにするため、だったかな？」

「本当は、もっと長い紐《ひも》を使うんだがね」

呻いたファティマに、空也と小縁は迷うことなく答えた。

「さて、馬に蹴《け》られる前に、邪魔者は退散するかね。あんまり遅くなるんじゃないよ」

そう言って奥に引っ込みかけた小縁は、ふと思い出したように足を止めた。

振り返り、再度口を開く。

「ああ、空也。わかってるとは思うがね、ファティマを泣かせたら、孫といえど容赦しないよ」

「心得てるよ、祖母ちゃん」

軽い調子で交わされた会話であったが、それが冗談ではないことは、傍《そば》で見ているファティマにもすぐわかった。

ふたりとも、目が真剣だったからだ。

とはいえ空気が深刻になることはなく、空也の即答に納得したのか小縁は呵々大笑《かかたいしょう》すると背を向けた。

「ならよし。行っといで」

◆◇◆◇◆◇◆

「こんな時間にこんな格好をさせて、どこに行くかと思いきや……」

少しだけ足早になって相変わらずゆったりと夜道を歩く空也の前へと出たファティマは、呆然《ぼうぜん》とした声を出した。

彼が連れ出した先は、川沿いだった。

とはいえ、ただの川沿いではない。

近代化しつつあるとはいえ、そこかしこに古めかしい雰囲気が残るこの街の、古風な部分。

未だ花を残す桜木が立ち並ぶ、川沿いの道だった。

「あとは、路面電車が欲しいところですね」

映した星明かりを揺らす川面が名残惜《なごりお》しいのか、身体はそちらに向けたまま、ファティマは肩越しに空也を見やる。

「……それはいささか欲張りすぎだ」

奇妙な間を置いてから、空也はぼんやりと応えた。

夜目にも鮮やかなうなじの白さに、心を奪われていたのだ。

「香良洲くん？」

そのことに気づいたわけではないだろうが、ファティマは疑問符を浮かべた顔の傾きを深めて首筋を一層露出させながら、呼びかける。

「ん？　あ、ああ……」

夢の名残《なごり》を払うように首を振ってから、空也は続けた。

「安全なら大丈夫だ。交番のある通りだからな」

「それはそれで、不審者として逮捕されそうな心配がありますね」

くすくすと笑いながら、ファティマは自分たちの格好を揶揄《やゆ》した。

なにせ前時代の学生スタイルだ、見つかれば職務質問くらいはされかねない。

「それ以前に、なにかが化けて出たかと驚かれそうだ」

軽い笑みを彼女に返し、空也は空を見上げた。

今日は新月なのか、月は見当たらない。

それでも満天の星明かりだけで、夜道を不安なく歩ける光量はある。

そんなシチュエーションのせいだろう、はらはらと舞う桜の花には、降りしきる星のかけらめいた風情《ふぜい》があった。

「――我ながら夢見がちだと思うが……その格好をしたお前と、こういうところを歩いてみたくなったんだ」

「いいんじゃないですか？　私も嫌いじゃないですし、こういうのは」

少し恥ずかしそうな彼に微笑み、踊るような足取りで隣に戻ったファティマは、そっと手を伸ばした。

そして、彼の左手に触れる。

「――――っ！」

途端彼はびくりと、盛大に身を竦ませた。

いっそ過剰なほどの反応に、ファティマは口を尖らせて不平を鳴らした。

「な、なにもそこまで驚かなくたっていいでしょう！　香良洲くんはなんでこう、締まらないんですか！」

「あのな、ファティマ……俺はこういうのには、あまり慣れていない。見栄と意地で平気な振りをしているだけで、見た目ほどの余裕はないんだ」

「私だって、まるで慣れてないですよっ！」

修正と告白を一緒に済ませたファティマは、ふて腐れた顔で右手を差し出した。

「……ん……」

「お前は時々、妙に子供っぽい……」

微苦笑し、空也は彼女の手を取った。

「そういうのも受け入れるのが、男の甲斐性というものでしょう？」

一転、上機嫌になると、彼女は繋《つな》いだ手に力を込めた。

照れくさそうに微笑んで、続ける。

「なんでわざわざ手を繋ぐとか、わからなかったんですよ。子供じゃあるまいし、歩きにくいだけじゃないですか、こんなの」

「そうだな……歩きにくい」

言葉とは裏腹に、繋いだ手を離すようなことはせず、空也はゆっくりと歩き出す。

指に感じる彼女の温《ぬく》もり、柔らかさに、鼓動が少し早まる。

「ねえ、香良洲くん」

距離を離したら手が解けてしまいそう、かといって近づいたら触れてしまう。

だからおっかなびっくり、ぎこちなく彼の隣を歩きながら、ファティマは呼びかけた。

「ありがとうございます」

「どうした？　藪《やぶ》から棒に」

「服を指定してくれたことです」

不得要領といった体の空也に、彼女は言った。

彼はきっと、気づいている。ファティマが、ろくろく私服など持っていないことに。

「先に言った通りだよ。その格好をしたお前と、こうやって夜桜見物をしてみたかった。礼を言うのは付き合ってもらってる俺であって、お前じゃない」

当然、空也は気づいていた。自分と同じく、ファティマはお洒落な服など持っていないだろうことに。

無論彼は、彼女がどんな格好でも気にしたりはしない。

わざわざ着飾ってくれるなら嬉しいが、そうでなくとも落胆したりしないだろう。

（そういう格好をできないことを、ファティマ自身が気に病むだろうと思うのは、自惚《うぬぼ》れかもしれんが……）

服を指定したのは、そういう気遣いだ。

よく似合っている矢絣袴という格好をしたファティマと、連れだって散歩してみたかったというのも嘘ではないが、それが全てというわけでもない。

せっかくの夜桜見物、そんな憂いを持たずに楽しんでもらいたいのだ。そうでなくては、空也自身も楽しめない。

それゆえに、服を指定した。そうすれば、気に入らなくても空也のせいとなる。彼女が思《おも》い煩《わずら》うことではなくなる。

「……そういうところですよ、香良洲くん」

「ワガママが過ぎるという意味だよな？　それは」

あくまで空とぼけようとする彼に、ファティマは口ずさんだ。

「——年ごとに、咲くや吉野の山桜、木を割りて見よ、花のありかは」

春に咲く桜の花は、いったいどこから来ているのだろう？　幹を割れば、その中にでもあるのだろうか——そういう歌を詠《うた》って、真意のありかなんてお見通しですよと暗に告げた彼女に、空也は一本取られたとばかりの顔になった。

「言わぬが花だ、風にでも聞いてくれ」

これが無粋な追及であれば適当にあしらっただろうが、こうも風流にやられては、無下《むげ》にするのも気が引ける。

かといって歌で返せるほどに学はない空也の、精一杯の風流だった。

「真面目《まじめ》に勉強しておくものですね、してやったりという気分です」

武骨ではあるが無粋ではない彼の言葉に、ファティマはくすくすと、嫌味のない笑声をこぼした。

「ああ、こうも気持ちよくやられればいっそ痛快、悪くない気分だ」

つられて彼も笑い、それから、やれやれとばかりに首を振る。

「まったく……静かに桜の下を歩こうと思っていたのに、どうしてこうなるのやら」

「どうしてでしょうね？　私は自分のことを、こんな饒舌《じょうぜつ》なタイプではないと思っていたんですけど」

それは他者を遠ざけていたせいで、そもそも会話をする機会そのものが少なかったために、勘違いしていただけなのかもしれない。

そう思わせるほど、彼との会話は楽しい。

どこまでも穏やかに心が弾む。

そんな、不思議な高揚感がある。

「そうだな……俺とて、数日口を開かなくても平気なくらいなんだが……とはいえ、この方が切り出しやすくはある」

「なんでしょう？」

どうやらこの夜の散策は、桜を見るだけが目的ではないらしい。

つぶやいた空也の言葉の先を、ファティマは少し胸を躍らせながら促した。

「もうすぐ……具体的にはゴールデンウィークに、あそこの神社で祭りがある」

「はい」

すっと持ち上げた空也の腕の先にある山を見ながら、ファティマは頷く。

「散桜祭《さんおうさい》という、お帰りになられる佐保姫《さほひめ》を、盛大にお送りする祭りだ」

「喜んで」

彼が皆まで言うのを待ちきれず、ファティマは一足飛びに応えた。

「……嬉しいんだが……苦心して言い回しを考えていたのは、なんだったのだろうな……」

「ええ、人混みは嫌いですし、目撃されて周囲が騒がしくなるだろうことを思うとうんざりですけど、それでも、香良洲くんが一緒なら」

「……本当に、なんだったのだろうな……」

言わなかった心配事まで全て答えられ、空也は遠い目になった。

「そういう気遣いは、ありがたいと思うんですけどね。甘いお菓子をちらちら見せられたら我慢できなくなって、短気を起こしてしまいました」

茶目っ気たっぷりに言ったファティマは、足を止めた。

だからといって手を離すつもりは当然なく、指に力を込めて、うっかりそのまま行きかけた空也を引き留める。

「どうした？」

引き留められた空也は、振り返ると小首を傾げた。

彼女が、緊張した面持ちだったからだ。

「えーっと……」

その緊張で強張った顔に、少なからぬ朱を加えたファティマは、星屑《ほしくず》のように舞い散る桜の花を目で辿り、そのまま満天に星を湛えた夜空を見上げた。

それから戻した琥珀《こはく》色の瞳で空也を真っ直《す》ぐに見て、言う。

「――月が、綺麗ですね」

この夜を、この情景を、この格好を台無しにしないよう、必死に選んだ言葉だ。

――彼に、意味がわかるだろうか。伝わるだろうか。

わかるだろう。伝わるだろう。

あの一句を理解した空也ならば、この言葉の意味も、きっと理解してくれる。

「……――」

空也は軽く目を閉じると、ふっと息を抜くように微笑んだ。

（まったく……昼間ストレートに言っておいて、これか……）

打って変わった奥ゆかしい言い方が、胸の深いところに響く。

君は僕の太陽だ――などというのは、手垢にまみれた失笑ものなフレーズだが、もはや空也は、笑い飛ばせなくなっていた。

『君』がいるから、世界が輝く。

『君』がいるから、世界はこんなにも色鮮やかだ。

ゆえに『君』を太陽と称する。

まったくもってその通り、ファティマと付き合い始めてからの空也の日々は、世界は、圧倒されるほどに鮮烈だ。

見慣れた月ですら、ファティマと一緒なら感動するほど綺麗に見えるだろう。

彼女もそう感じてくれているから、月が綺麗と口にした。

だが、月のない夜に使うものではない――いや、だからこそ月を想い、あえてその言葉を選んだのだろうか。

（いや……月はあるか。目の前に）

「ああ……本当に、綺麗だ」

目を開き、心の底から同意して、空也は半ば夢見心地で手を伸ばした。

月に――目の前にある、星明かりをまとって淡く、柔らかに、朧月《おぼろづき》めいて輝く銀色の髪に。

指が触れる……その直前に空也は、はっとして動きを止めた。

「……いいですよ、香良洲くんなら触っても」

静かに、いっそ優しい声で囁《ささや》くファティマに、空也は苦笑してかぶりを振った。

「やめておくよ。歯止めが利かなくなりそうで怖い」

未練はあるものの、空也には髪に触れるだけで終わらせられる自信がなかった。

むしろその逆、ここで止めなければ、どこまでも彼女を求めてしまうという確信があった。

それはきっとよくないことだ。

プラトニックに逃げようというわけではない。

ただ今は、雰囲気に酔っている。

整いすぎたシチュエーションに、大切ななにかを忘れたまま流されようとしている。

そんなことは、ファティマを粗末に扱うのと同じだ。

彼女を失うのと同義だ。

（それだけはダメだ、それだけは）

先に進むのはいい。

だがそれは彼女との間に今あるものを、捨て去るという意味ではない。

彼女と付き合い始めて得た日々。

楽しく、幸福だといっても過言ではない時間。

それらに上乗せするものであって、引き換えとするものではない。

だから、なにひとつ欠けることなく進めないのなら、まだ、その時ではないということだ。

――否《いな》。

時の問題ではなく、ふたりの間にあるものを積み重ねて届くかどうかの問題だろう。

今はまだ、届いていない。

背伸びしても摑めないものに跳んで無理矢理指を掛けたところで、引っ繰り返して、なにもかもを台無しにしてしまうだけだ。

「そうですね……保護者公認どころか、推奨ですし」

同じ気持ちだったのか、詰めていた息を吐いたファティマも苦笑を浮かべた。

「だからといって、ねえ……そういうことでお説教されたら、凄く困ります」

「俺だって困る。どの面下げて、祖母ちゃん家でご飯を食べればいいのやら……」

「いいじゃないですか、香良洲くんはご飯時だけで。私なんて一緒に住んでるんですよ」

嫌な想像をして、身の置き場がなくなることを確かめ合って、頭が冷える。

つくづく雰囲気に酔っていたことを認め、空也は彼女に告げた。

「帰ろうか、ファティマ」

「ええ、帰りましょう、香良洲くん」

そうしてふたりは帰路についた。

繋いだ手の指先が、ひどく熱くなっているような気はしたものの、どちらも離そうとはしなかった。

第三章

Tsumetai kokou no tenkousei ha houkago, aikagi mawashite amadereru.

——翌朝。

あの、楽しくも危うい夜桜デートの翌朝。

目覚ましが鳴るより早く目を覚ましたファティマは、ベッドに身を起こすと、まず寝乱れた髪に手をやった。

続いて大きく、肺を限界まで膨らませて、爽《さわ》やかな春の朝の空気を吸い込む。

そして——

「ああああ……」

全身全霊で呻《うめ》いた。

「なにやってるんですかどれだけ流されてるんですか免疫がないにも程がある月が綺麗《きれい》ですねって新月になに言ってるんですか私はその上誘惑するようなことまでああああ……！」

あの時空也《くうや》が思い止《とど》まってくれなかったら、本当にどうなっていたことか。

自分のベッドではなく、彼のベッドで目を覚ましていたなんてことも——

「…………」

想像しようとしただけで、顔が熱くなった。

意識が霞《かす》み、上体がふらつく。

悪い気はしないが、いい気分もしない。

それを判断する機能が麻痺し、わからなくなっている。

そればかりか、感情が許容できる範囲をオーバーしたせいで、思考能力そのものが鈍化してしまっていた。

なにもなければ、半日は上体をふらふらと揺らしたまま、ぼんやりと過ごしていただろうが……

「——ひぃっ⁉」

今さらながらというのは言いがかり、定刻通りに作動した目覚まし時計のけたたましい音で、ファティマは正気に戻った。

「ああ、そうだ……ちゃんとしなくては……」

もう朝なのだから、じきに空也もやってくる。

まさか寝起きのままのみっともない顔で、彼を出迎えるわけにはいかない。身なりを整えなくてはならない。

だいたいにして、楽しさや幸福感ですっかり忘れていたが、

「……本来の目的が、さっぱりじゃないですか……」

思い出したファティマは、急転直下落ち込んで、がっくりとうなだれた。

空也は相変わらず空也で、今あるものを、ただあるがままに受け入れている。

それはありがたいし、彼と付き合うことになった大前提にあるものだ。

しかし矛盾したことに、今は彼にもっといろいろ質問してもらいたい。

あれやこれや、根掘り葉掘りでも構わない、自分のことを聞いてほしい。尋ねて、知ってほしい。

彼にどれほど大切にされているかを日に日に改めて感じ取り、際限なく惹《ひ》かれていっているからこそ、なおさらに強くそう思う。

いや……もっと根本的な問題として、恐怖にも似た想《おも》いがある。

――彼は同類の気質を持つ自分に抱いた親近感を、恋情《れんじょう》と誤解しているだけなのではないか。

――彼が向けてくれているものの全《すべ》ては、ごく普通に、彼が他者へと向けるものなのではないか。

だから空也は詮索《せんさく》しない。あっさりと受け入れ、受け流す。

ファティマを決して例外にせず、なにも尋ねない。

それは執着するほどの感情がないから……興味なんて、ないからなのではないか。

とどのつまり、勘違いしている彼に、自分が一方通行な想いを抱いているだけなのではないか。

もしそうなのだとしたら、ファティマからは決して踏み込めない。

踏み込んで、彼を知りたいからとあれこれ質問することは、シンデレラにおける十二時の鐘と同義だ。

鐘が鳴れば、彼は、ファティマが近い気質を持つだけのただの他人だと気づいてしまう。

魔法の解けた灰かぶり姫を、王子が気に入るとは限らない。

全ては一夜の夢と消え、元の生活に戻ることになったところで、不思議はないのだ。

……恐ろしい想像だった。

以前の生活に戻ろうにも、ファティマは知ってしまっている。

空也がいる暮らし、空也と過ごす時間、その楽しさ、その幸せを、知ってしまっている。

なのにどうして、かつてに戻れよう。

安穏《あんのん》として決して脅かされないが、孤独。

耐えられる自信がない。どうやってそこに安らぎを見出していたのかすら、もうわからない。

「…………」

震える息を、細く、長く吐き出して、ファティマはベッドから抜け出した。

どうあれ、やることは変わらない。

好きな相手の気を惹く、特別になる——片想《かたおも》いだろうと両想いだろうと、そこが変わるわけではないのだ。

◆◇◆◇◆◇◆

「最近、時間の流れがおかしいと思うのだ」

時は放課後、場は久礼《くれい》家近く、機は唐突に、真面目《まじめ》くさった顔の空也に言われ、ファティマは反応に困った。

とりとめのない雑談の中、柔らかい春風にまぎれるような自然さで彼が口にしたので、なにかの冗談とも本気で言っているとも、判然としなかったせいだ。

「……つまり？」

相変わらずペースを合わせやすい彼の隣を歩きながら、彼女は真意を問うた。

「いや、言葉通りの意味だ。放課後までの時間が、以前より長く感じる。放課後からの時間は、その逆だ」

「なるほど、相対性理論の話をしたいんですね」

ようやく彼の言いたいことを理解して、ファティマは小さく頷《うなず》いた。

可愛《かわい》い女の子といると時間を短く感じ、焼けたストーブの上に座ると時間を長く感じる、というのは、相対性理論の提唱者であるアインシュタイン博士の言葉だ。

「俺《おれ》がそんな小難しい話を、するわけがなかろう」

ファティマは、彼がそういった時間に対する精神の作用と相対性理論を結びつけ、語る切り口にしたのではないかと推測したのだが、空也は渋面《じゅうめん》で首を横に振った。

「が、お前が可愛い女の子であるということは、太鼓判を押しておく」

「さらりと褒めてくれますね……香良洲《からす》くん、あなた実は、プレイボーイの気があるんじゃないですか?」

とはいえアインシュタインの言葉は知っていたらしい、しれっと言ってのけた空也を、ファティマは半眼で睨《にら》んだ。

もっとも嫌だったというわけではなく、照れ隠しであることは明々白々、彼女の頬《ほお》は少し赤らんでいた。

無論空也とてそれには気づいていたのだが、素知らぬ振りで嫌そうな顔を作ると、明後日《あさって》の方を見ながら言う。

「そんなものと勘違いされたくはないので、撤回しよう。お前のことは関係なく、ただ、授業は焼けたストーブに等しいと――」

「ああっ!? 撤回しなくていいです! はい、私は可愛い女の子です!」

意地悪されているとはわかっていたのだが、それでもファティマは、大慌てで彼の言葉を遮《さえぎ》った。

撤回されたところで、もらった評価が消えてなくなるわけでもない。彼が彼女に対する認識を、改めてしまうわけでもない。

それでもやはり、そのままにしておけるなら、そうしておきたかったのだ。

「うぅ……なんですか、この羞恥《しゅうち》プレイは……」

かといっていささか慌てすぎた、咄嗟《とっさ》とはいえまるで自信過剰なことを口走ってしまったファティマは、空也に恨みがましい視線を向けた。

「それで結局、なにを言いたかったんですか？」

「言いづらくなってしまったが……」

絶対にそんなことは思っていないだろうことを確信させる、いたって涼しい顔で前置いて、空也は続ける。

「本当に、感じていたことを何の気なしに言っただけなんだ。まあせいぜい、お前もそう感じていてくれたら嬉《うれ》しい、程度だな」

「はいはい、私もそう感じていますよ」

すっかり拗《す》ねてしまった様子で、ファティマは素っ気なく応じる。

だがその頬が紅潮しているのは、直前の自爆を引きずっているからばかりではないだろう。

「そうか……そうなら、うん……嬉しいよ」

「しみじみと言わないでくださいよ、そんなわかりきってることを」

噛《か》みしめるように言った空也を見ながら、ファティマはくすりと微笑んだ。

ちゃんと、それは嬉しいことだと応《こた》える空也の表情に、恥ずかしさがあるのがわかったからだ。

だというのに、しっかりと口にしてくれた彼の態度が喜ばしかったのだが、それを言うのは野暮《やぼ》だろうと、彼女はしばし無言になった。

空也もなにも言わない。

ふたり揃《そろ》って、胸の奥がこそばゆくなる気分を味わうように、なにも言わないまま歩く。

そうこうしている間に久礼の家へと到着し、ふたりは沈黙したまま、一瞬視線を交わした。

「…………」

目が、口ほどにものを言った。

——ちょっと惜しいけど、この時間はここまで。

言葉もなく、互いにそういう気分であることを理解し、玄関の引き戸を開けたのは空也だった。

「おや、丁度帰ってきたか」

そして、出かけるところだったのだろう、サンダルを突っかけているところの小縁《こより》とばったりと出会った。

「ただいま、祖母《ばあ》ちゃん」

「ただいま帰りました、小縁さん。お出かけですか？」

「ああ、お帰り、ふたりとも」

口々に帰宅の挨拶《あいさつ》をする孫と義娘《ぎじょう》に頷くと、小縁はずいっと、古めかしい、竹で編んだ買い物カゴを突き出し、こう言った。

「帰って早々で悪いが、デートに行ってくれるかい？」

◆◇◆◇◆◇◆

お使いを頼まれ、断るふたりではない。

ファティマが着替え、それから元喫茶店《きっさてん》で空也が着替え終わる頃には、外はそろそろ日が沈み始める頃合《ころあ》いだった。

そんな中、商店街への道をぶらりぶらりと歩きながら、空也は隣のファティマへと目をやる。

「どうにも、懐かしさを覚えるんだが……」

「香良洲くんが女の服を記憶してるなんて、驚天動地ですね」

やさぐれた笑みを浮かべて明後日の方を見ながら、ファティマは恥ずかしそうに言葉を継いだ。

「義姉のお下がりなんですよ。妹なんだから、珍しくもないでしょう」

そういう彼女の服装は、ベージュのエプロンスカートをベースにしたものだ。

お下がりというほど子供っぽくはないし、年頃《としごろ》の少女らしくもない。

「ああ、だからか……」

懐かしさの原因がわかり、空也は小さく頷いた。

彼が幼少の時、香良洲一家は久礼の家で暮らしていた。

その後転勤で引っ越して今に至るわけだが、当時の母が残していった服を小縁が残しておいたのだろう。

「どうも勘違いしているようだから、訂正しておく。俺は、悪いとは言っていない。なんで懐かしく感じるのか、ただ疑問なだけだったんだ」

正直にいえば、母が着ていたものだからそう感じた、というのは、予想外にも程がある答えだった。

言われてみれば、たしかに母はいつもそういう服を着ていたと思う。

だが、このエプロンスカートを着た母が今のファティマのような雰囲気だったかといえば、迷うことなく否《いな》だ。

「では、疑問が解けたところで、感想をどうぞ」

「歳《とし》不相応に落ち着いた服装だが、お前には不思議と似合っているな。まあ、今の俺に、客観的な審美眼などないが」

「大丈夫です。そんなもの、求めていませんから」

空也の評を聞くなり、ファティマはくすくすと機嫌のよさそうな笑みをこぼした。

「そうですね……しばらくは、この系統でいきましょう。あまり身体を締め付けなくて、楽ですし」

「あまり俺をアテにして、トンチンカンな格好になっても責任は取らんぞ。ファッションセンスなんぞ、俺にはないんだからな」

そう保険をかけたものの、空也には、どんなに最悪でもそう悲惨な格好にはならないだろうという確信があった。

あまりにアンバランスなコーディネイトなら彼女自身が自分で気づくだろうし、なにより素材がいい。

意図的に悪い組み合わせでもしない限り、力技でねじ伏せてしまうだろう。

「参考までに、香良洲くんの嗜好する方向性は？」

「お嬢様系」

「なるほど。たしかに、アテにならないですね」

間髪入れず即答した空也に、ファティマはいつもより明るく、大きく笑った。

「放っておいてくれ。しかし、別にお前をアクセサリー扱いするわけではないんだが……」

彼女をしげしげと眺めながら、空也は言葉を継いだ。

「自慢したい。こんなに可愛い女の子が俺の彼女なんだぞと、誰《だれ》でもいいから、鼻高々に自慢したい」

「それをやったら、私も自慢しますよ？　こんな素敵な男の子が私の彼氏なんですって、ええ、死力を尽くして自慢しますとも」

「断言してもいい。そんなことをすれば、お前は正気を疑われるだけだ」

不必要なまでに力強く言い切った空也に、ファティマは少々機嫌を悪くしたらしい。

彼女はむっとした顔になると、子供っぽく頬を膨らませた。

「香良洲くん。あなたは少し、自己評価が低いと思います」

別に彼が、美男子だとはいわない。

むしろ彼の容姿は十人並みだ。地味で、集団の中に埋没してしまうような造作だ。

だがそれが、なんだというのか。

彼の長所は、そんな見てわかるところにあるものではない。

内面、もっと深いところにあるものだ。

穏やかな声で、ゆったりと喋《しゃべ》るところ。

優しくて、大切にしてくれるところ。

いろいろ察して、気遣ってくれるところ。

それら全ての源泉、心の有り様、精神性が、ファティマにはたまらなく好きなところなのだ。

そこまでつらつらと考えて、ファティマは、はたと気づいた。

「名刀はちゃんと鞘《さや》に納まっているべき……なるほど、気安く抜かれては、たまったものではありませんね……」

彼の精神性が周囲に広まれば、もの凄く人気が出るだろう。出てしまうだろう。

いや、現時点ですら、マニアックな人気を獲得していてもおかしくない。

告白した彼が彼女を捕まえたのではなく、告白された彼女が彼を捕まえたといった方が、きっと現状に相応《ふさわ》しいのだ。

「お前はどうも、俺を高く評価しすぎていると思うのだが……あとその言葉は、そういう意味ではないぞ」

なにやら難しい顔で考え込んでしまったファティマに、空也は言った。

「？　見せびらかしてはいらない厄災を招くので、抜かずに済むならそれに越したことはない。だけれど、名刀を名刀たらしめる努力は怠るな、そういう意味ではないんですか？」

「……合ってる。なのに違和感が拭《ぬぐ》えないのは、どうしてなんだろうな」

空也は遠い目を、夕焼けの気配が漂い始める空に向けてぼやいた。

そんな彼をおかしそうに、ファティマはくすりと笑う。

「さあ？　なんででしょうね」

無論ファティマは、原因を察していた。

――立場の違いだ。

彼は名刀を使う立場で考えており、ファティマは名刀を使われる立場で言った。

だから実際のところ、言葉の受け取り方からして差異があるのだ。

「そんなことより、もしかしなくても、あれが商店街ですか？」

ともあれ、四方山《よもやま》話をしている間に到着したらしい。

新しいスーパーやデパートに客を取られているのだろう、シャッター街にこそなってはいないが、商店街と聞いて想像するほど賑《にぎ》わってはいない。

そんな商店街の入り口で、オレンジ色の空をバックに屹立《きつりつ》する、『一葉《ひとは》銀座通り』と書かれたアーチを見ながら、ファティマは呻いた。

「……実に、古式ゆかしいネーミングですね……」

「あれを見るたびに、桐《きり》か菫《すみれ》か柳か葦《あし》か、それとも銀を扱う座なのか、はっきりしろと言いたくなるんだ。今日は聞いてくれるひとがいて、実にありがたい」

ひょいと肩を竦《すく》める空也と目が合って、ファティマは彼がなにを期待しているかを悟った。

なんとなく、子供にお菓子をねだられた気分になりながら、口を開く。

「ええ、ご要望に応えてツッコミましょう。銀はわかるんですが、その他諸々はどこから？」

「一葉草《ひとはぐさ》は、それらの異名だ。それら全てをまとめて指すのではなく、それぞれ同じ異名を持っている、というのが、面倒なところだが」

「素直に考えて、桐じゃないですか？　なにせ学校からして桐花館《とうかかん》ですし。銀は言わずもがな、銀座の繁盛にあやかりたかっただけしょうね」

「ともあれ実際は、一葉町《ひとはちょう》の商店通り程度の意味だから、一葉の真意は郷土史案件になる。が、生憎《あいにく》俺は、そちらの方には興味がない。もっと、気にすべき事象もあるしな」

重々しく言った空也に、ファティマは頷きを返した。

「ええ。要は、古いんですね、この商店街」

「その通り。ここはまさしく、古くからある旧態依然とした商店街だ。つまり、接客が実に馴《な》れ馴れしい」

「それでは香良洲くん。私が今言いたいことが、わかりますね？」

険を含ませた目で、ファティマは空也を睨んだ。

およそ商売とは関係のない雑談、近隣住人のどうこうを語り世間話を持ちかけてくる店員

――ひとの温かみがあっていい、人情味溢《あふ》れる、などという感想を持つのが普通なのかもしれない。

だがそんなものを不要とし、ドライに、ビジネスライクに買い物を済ませたいタイプもいる。

たとえば、ファティマがそれだ。空也もまたそうなのだから、そんなことはわかっているはずだ。

そしてファティマはこの街に、もうひとつ買い物スポットがあることを知っている。

新開発区域の、デパートやスーパーがある近代的な繁華街だ。

それも無論、空也は知っているだろう。

なのになぜ、彼はこの、旧型の商店街に連れて来たのか。

――なんなんですか⁉　馬鹿《ばか》なんですか⁉

声を大にして咎《とが》めたいファティマである。

「弁明の機会に、感謝しよう」

まったくそんなことは思っていない不遜な慇懃《いんぎん》さで謝辞を述べ、空也は続ける。

「新しい方は、クラスメイトとの遭遇確率が高い。なにせ向こうは、買い物の利便性だけでなく、若者向けの商品、遊び場、デートスポット等がある。こちらを商店街と呼び、向こうを繁華街と称する由縁だな」

「なるほど。しかしそれでも、赤点ですね。確実に話しかけられる商店街と、クラスメイトに出会《でくわ》す確率が高い繁華街、まだまだ選択の余地がある二択です」

「なかなか塩《しょ》っぱい評価だが、クラスメイトに遭遇した後のリスクを考慮しているのか？」

手厳しいファティマに、空也は渋面になった。

しかしそれで、彼が商店街を選んだ理由を語り終えたというわけではない。

空也はとくに慌てた様子もなく、ゆっくりと言葉を継いだ。

「少々時間はかかるが、商店街の面々は、こちらが話しかけられたくない客だと学習する。これで赤点は、回避できるか」

「よろしい。可をあげましょう」

冗談めかした厳《いか》つさで、ファティマはそう言った。

「それでも可か……優は遠いな」

苦笑し、空也は改めて口を開く。

「さて。ファティマ、なにを買うんだ？」

「お醤油、牛乳、大根、人参、鮭。あと、あと、一通りお店を案内してくれると助かります」

当面、少なくともこの商店街の面々がファティマは話しかけられるのを好まない客であると学習するまでは、自分が付き合うか使い走りをした方がいい。

だから、案内はいらないだろうと空也は言いかけ、思いとどまった。

文房具だのなんだのはさておき、女性用雑貨となると、お互い気まずくなるのは明白だからだ。

「承知した。では一度通りの端まで説明しながら抜けて、戻りつつ買い物にしよう。といったところで、見ればわかるように店は出されているから、ただ歩くだけになるが」

「ええ、わかりました。それでは行きましょう――香良洲くん、会話避けの護符《ごふ》として、腕の見せどころですよ」

「そんなものになった記憶はない」

「じゃあ、これからなってくださいよ。ほら、よくあるじゃないですか、男避けにニセ彼氏となる話。その亜流みたいなものです」

にべもなく言い切って歩き出す空也の隣は隣でも、いつもより一歩だけ下がって、彼女は言った。

「……それで心配の種が消えるなら、いくらでもなるんだがな……」

小さく、ファティマには聞こえないようにつぶやいた空也は、ふと気づいた。

——なにか、おかしい。

空也とて、それほど足繁く商店街に通っているわけではない。

話しかけない方がいい客だと商店街の面々が理解する程度には通っているが、あくまでその程度だ。

そんな彼が異常だと感じるほど、商店街の雰囲気がいつもと違う。

いや、空也だけでなく、初めて訪れたファティマですら、なにかおかしいと感じ取ったらしい。

「……効果は抜群だ、と、いった感じですね……」

茶化《ちゃか》すようなセリフとは裏腹に、彼女の声はどこか警戒したものだ。

「……そうだな」

頷き、空也は周囲を見回した。

外国人が珍しくもないご時世ではあるが――いや、どれだけ外国人で溢れようと、彼女の見事な銀髪は目を惹くだろうが、ともかく、道行く人々はこちらに視線を送ってきている。

そのこと自体は想定の範囲内だ。回避不可能なことであり、話しかけてこないだけマシだと我慢するしかない。

だが……視線を送ってくる人間の一部、例外なく年寄りがぎょっとした顔になるのは、想定外だった。

（みんな祖母ちゃんと同じくらいだな……高齢化が進んでいると思うべきか、老後も元気でいられると思うべきか……）

ぼんやりと状況を観察した空也は、ひとつの可能性に辿《たど》り着いた。

「ファティマ。お前はお前の祖母、大ファティマの若い頃と、そっくりなんじゃないか？」

「ああ、そういうことですか」

彼が言わんとしていることを理解し、小さく頷いたファティマはしかし、小首を傾げた。

「あなたの推理通り、お祖母さまは一時期、この街で暮らしていました。小縁さんと知り合ったのも、その時期だそうです。ですが私とお祖母さまは、あまり似ていませんよ？　この髪はお祖母さま譲りですが、それだけですし」

「それだけで十分だろう。なにせ、若かりし日の祖父《じい》ちゃんに瓜二つな俺がいる」

推測に推測を重ねているが、状況を納得できる筋道を見出して、空也は溜息《ためいき》をついた。

空也は、祖父である空悟《くうご》の若い頃に生き写しだ。小縁にも言われたし、この街に引っ越してきた当初、何人もの老人に言われた。

そして、ファティマ。彼女の特徴的な銀髪は、祖母である大ファティマ譲りだという。

さらに大ファティマは昔、この街にいた。

おそらく……その時期にはもう、空悟とも知り合っていた。

空悟が大ファティマとこうやって連れ立って、この古くからある商店街を案内していたことも、きっとあった。

だから、昔からここで暮らしている老人たちは、愕然《がくぜん》とするのだろう。

空也とファティマが歩いているのではなく、空悟と大ファティマが白昼堂々化けて出たと勘違いして、驚いているのだ。

「お祖母さまは、健在なのですが……」

空也の一言で、同じ仮定を組み立てたのだろうファティマは、嫌そうな顔をした。

「ここは、前向きに考えよう。お陰で、話しかけられないで済むと」

フォローするように、空也は言う。

その途端、

「あれ？　くーちゃんじゃん。それにクレイさんも。どしたの？　ああ、買い物か」

遭遇したクラスメイト、それも親友である紅葉《こうよう》に声を掛けられ、空也は足を止めた。

いや、むしろそれはフリーズに近かった。ピキリと音がしそうなほど完璧《かんぺき》に、瞬間で動きを止めたのだから。

そんな彼に、ファティマは半眼を向ける。

「……やっぱり赤点じゃないですか」

「落ち着け。目撃者は消す。それで万事解決だ」

花屋でアルバイトしているのか、エプロンを締めて如雨露《じょうろ》片手の紅葉を、空也は底冷えのする目で見た。

「いやいや、くーちゃんが落ち着こう。殺人は犯罪だからね？」

「お前こそ落ち着け。我、神の名においてこれを鋳造する。汝ら罪なし《Cast in the name of god, ye not guilty.》──完全犯罪は、立証されない殺人は、犯罪ではない。そして俺に、証拠を残す趣味はない」

「モリアーティ教授は、コミュ強者だったと思いますよ？」

「俺の思想は数学とは対極だし、蜘蛛《くも》も嫌いだ」

口を挟んだファティマに、さらりと応じる空也。

そんなふたりを見て、紅葉は目を丸くした。

「おお……くーちゃんが、他人とまともに意思疎通してる……いや、言ってることはさっぱりわかんないけど……」

「こーちゃん。いくら俺でも、日常会話に過不足ないレベルで、日本語を修得できているという自負はあるぞ」

「うん、そういう意味じゃなくてね」

そう、そういう意味ではない。日本語を使って、希望や不満、感想等をやり取りしているなどということを、紅葉は言っているのではない。

彼が言っているのは、会話のレベルだ。単語の取捨選択だ。

空也はファティマに対して、思いついたセリフをそのまま口にしている。

わざわざ通じるように言い換えたりせず、頭に浮かんだ最初の状態で発言している。

ファティマも、それで理解していた。彼女の思考と言語の間にフィルターがあるのかどうかはわからないが、ちゃんと同レベルでの会話が成立していた。

「まあ……いいや。なんか説明するの、ムカつくし……」

「こーちゃんがそれでいいなら、俺は構わんが……不満があるなら言ってくれ。聞くだけは聞く。聞くだけになるとは思うが」

「ここで、聞くだけは聞くが、改めるかは別問題って言っちゃうのが、なんともはや、実にくーちゃんだよねえ……」

感慨深そうな紅葉に、ファティマは彼らのやり取りが一段落したと見たらしい。

首を傾げて空也を見つつ、口を開く。

「――ところで、香良洲くん。いえ、くーちゃんくん」

　わざわざ言い直した彼女に突っ込むことはなく、空也はファティマが聞きたいだろうことに応える。

「楢崎《ならさき》紅葉。クラスメイト、友人、中学時代からの腐れ縁。以上、説明終わり」

　まさしくツーと言えばカーなやり取りであったにもかかわらず、ファティマは彼の言葉を聞くなり露骨に落胆すると、これ見よがしの嘆息をした。

「……あなたがつまらない嘘《うそ》をつくとは……失望です」

「試みに問う。どれが嘘だ?」

「後半ふたつ。あなたに友人? 中学時代からの腐れ縁? 冗談のつもりならつまらないですし、嘘にしたって、あまりに出来が悪いです」

　ハッと鼻で笑って断言するファティマに、空也はすかさず頷いた。

　それから彼は、真顔で言う。

「実は、俺が白々しい嘘をついた時に、お前がどんな反応をするかを見てみたかったんだ。済まないな、試して。うん、お前の言う通り、こいつはただのクラスメイトだ」

「いやいや、くーちゃん。それないよね⁉　冗談だよね⁉　オレ、親友よ⁉」

「ああ、冗談だ」

「ええ、冗談です」

　揃ってしれっと言われて、紅葉は呆《あき》れ顔でぼやいた。

「……こいつら、仲いいな……悪い意味でも」

が、空也は薄情にも、そんな親友を捨て置いた。

「さて、ファティマよ、補足情報だ。実はこいつにだけ、俺たちのことを話してある。お前が祖母ちゃんの養子であると、勘づいたのでな」

「わかりました。あなたの判断を信じましょう」

「……ホント、仲いいな……」

ファティマの学校での、誰とも馴れ合《あ》うつもりはないと言わんばかりの振る舞いを見るに、プライベートなことを漏《も》らせばかなり機嫌を悪くしそうなものだ。

だというのに、空也の一言であっさりと納得したファティマを見て、紅葉は呻いた。

「なので、学校で俺たちのことが噂《うわさ》になったら、犯人はこいつだ。お前が誰かに、話さない限りは」

「心得ました。その時は香良洲くんの手を借りるかもしれませんので、お願いしますね」

「え、その時ってなに？　つーか、その時になったら、オレ、なにされるの⁉」

「こーちゃん。気にしなくていい。気にしたところで、どうせどうにもならんよ」

いっそ気の毒そうに、ゆるゆると首を振る空也に、紅葉はゲンナリとして溜息をついた。

「……もうやだ、このボニー＆クライド……」

「人聞きの悪いことを言ってくれるな。明日のない暮らしなんぞ、俺はしたくない」

ひょいと肩を竦めた空也は、ファティマへと視線を移す。

「済まない、待たせた。そろそろ行こうか」

「そうですね。あまり遅くなると、小縁さんに叱《しか》られてしまいますし」

同意したファティマは、ちらりと紅葉を見た。

「それでは、えぇっと……香良洲くんのご学友さん、ご機嫌よう」

「ああ、もう忘れちゃってるんだ、オレの名前……」

力なく笑った紅葉は、ひらひらと手を振って、買い物の続きへと戻るふたりを見送った。

——絵になるわけではない。どう考えても、十人並みな容姿の空也とトップアイドルも裸足《はだし》で逃げ出すファティマでは、釣り合わない。

だが……お互いにお互いが、これ以上なく似合っていた。

当たり前のように寄り添って、同じペースで歩くふたりの姿を見れば、誰だってきっとそう思うだろう。

「まるで熟年夫婦みたいだって言うのは、僻《ひが》みかなあ……」

率直《そっちょく》な感想を溜息交じりにつぶやいた紅葉は、仕事に戻ることにした。

彼が花のひとつでも贈ればよかったと思うのは、五分後のことである。

◆◇◆◇◆◇◆

――翌日。

本日のお勤め、もとい、授業を全て終えた紅葉は、アルバイトまでの時間をどうしようかと考えながら立ち上がって――

「あれ？　今日は『待て』なの？　くーちゃんは」

椅子に座ったまま、分厚い本の背を左手に載せて右手でページを捲《めく》るという、立っていた方が様になるスタイルで読書を始めた親友に質問した。

「わん」

問われた空也は、今開いたばかりの本をあっさり閉じると、犬の鳴き声を真似《まね》て返事とした。

そのせいで見えた表紙に、紅葉は呻く。

「英和辞典……相変わらずツッコミどころ満載だなあ……」

「やはり、覚えたページを食べないとおかしいか？」

「くーちゃんは犬なの？　それともヤギなの？」

およそ理解できないことをつぶやく空也に呆れつつ、紅葉は彼の机の端へと寄りかかるように腰を下ろした。

「そういう暗記法が、かつてあったらしい。もっとも、当時からマニアックな手法だったらしいがね」

毎度ながら、妖《あや》しげな豆知識を披露する空也をスルーして、紅葉は教室内を見渡す。

「いつの間にかクレイさんもいないし……彼女は彼女で、よくわかんないスキルを持ってるよね……実は海外に渡った忍者の末裔《まつえい》だとか？」

本人には不本意だろうが、ファティマ・クレイは目を惹く。

転入生という話題性がなくとも、日本人にはあり得ない色彩なのだから、とにかく目立つ。だというのに、彼女はいつの間にかいなくなっていた。

今日に限った話ではなく、転入以来ただの一度も彼女が捕まったことはない。

「ツッコミどころ満載だな、こーちゃん。マリオット盲点を利用しているだけだ。シノビ＝アーツというほどのものではない。そもそもファティマが忍者の末裔だというのなら、そういう格好をさせている。無論、見ているのが俺だけの時限定で」

「ツッコミラリーをしたいわけじゃないんだけど……マリオネット盲点て、なに？」

「マリオネットではなくマリオット。視界内に必ずある、視認できない領域のことだ」

「……で、どこまで本当のこと？」

しれっと即答した空也に、紅葉は半眼で尋ねた。

あまりに胡散《うさん》くさい発言だが、ありそうでもあったのだ。

「マリオット盲点というのは、本当にある。が、それを利用して、誰にも見られず移動するなどという技は存在しない——俺の知る限りでは」

「断言しないあたり、実にくーちゃんだ。ところで、知ってる？」

紅葉はひょいと、アメリカナイズされた動きで肩を竦めて話を切り替えた。

「最近さ、妙な噂が流れてるんだよね。くーちゃん好みの」

「俺好みの妙な噂、とな？」

暇潰《ひまつぶ》しには丁度いいと思ったか、空也は食い付いた。

片眉《まゆ》を上げて、紅葉に先を促す。

「なんでも、街のどこかにある潰《つぶ》れた喫茶店に、すっごい美人な和風ウェイトレスの幽霊が出るとか……この前なんて、夜の桜並木で帝国軍人とデートしてたらしいよ」

「……いつから、突っ込んだら負けルールに変更されたんだ……」

無期限閉店なだけで潰れてないとか、軍人でもウェイトレスでもないとか、そもそも死んでないとか、片っ端からツッコミを入れたい衝動を、空也はからくも抑えた。

自分とファティマが付き合っているという噂が蔓延するよりは、遥《はる》かにマシだからだ。

そんなことになれば、ふたり揃って質問責めになってしまう。

とはいえ……

（まあ、そうなった方が安心といえば安心なのだが……）

しばらく我慢が必要だが、ふたりが付き合っていると広まれば、ファティマにちょっかいを出す男はいなくなるだろう。

なにしろ彼女は美少女だ。月並みな表現だが、人並み外れて綺麗で可愛いのだ。

他人を敬遠している空也が、好きになるような少女なのだ。

フリーとなれば引く手数多《あまた》、生徒のみならず、教職員が告白したとしてもなんら不思議はない。

(それでも、半減すれば御の字といったところだろうな)

空也は有名な不良というわけでも、権力者というわけでもないのだ。

それどころかその対極、ただの男子学生でしかない。もっといえば、その他大勢に埋没するような、目立たない男子学生だ。

押しのけ、奪い取ろうと考えるものがいないと考えるのは、楽天的というものだろう。

「なあ、こーちゃん……男ってのは、どうしてこうも救いのない生き物なんだろうな……」

「え⁉ 今そんな壮大な話してた⁉」

唐突に、無闇《むやみ》やたらとスケールの大きいことを言い出した空也に、紅葉はぎょっとした。

「たかだか世界の半分だ、壮大と称するほどのものでもあるまいよ」

さらりと言ってのけた空也は、ポケットに手を突っ込むと懐中時計を取り出した。

そして、慣れた様子で手間をかけて時間を確認すると、小気味のいい音を立てて蓋《ふた》を閉じる。

「さて。暇を潰す時間はこれにて終了だ。今日もファティマが、愉快な謀《はかりごと》を巡らしているのでな、俺は帰るぞ」

「はいはい……オレもカノジョが欲しくなってきたよ……」

いつものように悠然と、しかしやや足早に教室を出て行く空也を見送ってから、紅葉は歩き出した。

◆◇◆◇◆◇◆

現在閉店中の喫茶店入り口は、いつものように施錠されていた。

いくら田舎《いなか》の雰囲気が色濃く残っているといったところで、その辺りは近代化の波というヤツだ。

だから今、そこから屋内にファティマがいるかどうかを、判別する術はない。

(まあ、いないはずはない、か)

ベルト通しに長い平紐《ひらひも》で結わえ付けた鍵《かぎ》で開錠しつつ、空也は胸中独りごちた。

矢絣に袴というファッションを始めた初日こそ、しばし間を置いて帰ってきてくれというオーダーがあったが、ここしばらくそういうことはなかった。

いつの間にか、それこそ空也ですら気づかない間に教室を抜け出た彼女と校外で合流、一緒に帰宅、空也を喫茶店スペースに待たせてファティマは着替える、それが最近の流れだった。

それが今日久々に、時差帰宅の要請があったのだ。

すなわち、彼女が新ネタを披露するということだろう。

（ファティマの袴装束《しょうぞく》は気に入ってるから、続けてくれるといいんだが……）

西洋少女が和風の装いをするというのは、空也の琴線に触れるものがあった。

それはそれとして、彼女の次なる企《たくら》みには興味がある。

これもまた、過ぎ去るには惜しいが先が待ち遠しいという、変化した心境の一環だろうか。

（変化した、か……さて、俺は『変わった』のか『変えられた』のか、どちらだろうな）

空也としては、変わったのではなく、彼女に変えられた方がなんとなく嬉しいのだが……それがわかるより、気にならなくなる方が先だろう。

つらつら考えている間に自室の前だ、空也はドアノブに手を掛け、静止した。

「…………」

何の気なしにドアを開けたら、着替え中のファティマとエンカウントなどという展開があったのは、つい最近のことだ。

それを忘れる空也ではない。

だから彼は、ノックした。

「はーい、開いてまーす」

「入っていいいかを知りたかったのだがな……」

しかし彼女は覚えていなかったらしく、ノックにそう応じた。

とはいえ、よもやこの返事で『入るな』という意味のはずもあるまいと判断し、空也はドアを開いた。

まず目に入ったのは、彼のベッドに俯《うつぶ》せとなって雑誌を広げている、制服姿のままのファティマだった。

彼女は暇そうに、膝《ひざ》で曲げた脚をパタパタと動かしながら、こう言った。

「お帰りなさい、お兄ちゃん」

空也は、くらりと傾《かし》いだ。

危うく倒れそうになる身体を、ドア枠についた手で支える。

そして、血を吐くようにつぶやいた。

「……見積もりが甘かったか……」

ファティマがなにやら企んでいることは予想していた。

それに対する心構えもしていた。

彼女がまた着替え中でもない限り、軽く受け流せる自信があった。

だが……だが、これは……

「……とんでもない威力だ……」

まさか、呼び名ひとつでここまで動揺するとは、思ってもみなかった。

いや、呼び名ひとつではない。

彼女は徹底していた。

「どうしました？　お兄ちゃん」

寝そべったままこちらへと向けた顔に実に楽しそうな笑みを浮かべる彼女の髪型は、変わっていた。

子供っぽく、ツインテールになっていた。

「ところでお兄ちゃん。どうして少女マンガ雑誌が、本棚にあるんですか？　園芸雑誌みたいなタイトルですけど、間違えたんですか？　あと、なんで飛び飛びなんですか？」

「少年マンガ雑誌は、オカルト特集をしないからだ」

矢継ぎ早に繰り出される質問を一刀両断して、空也は深呼吸をひとつ。

「しばし待て。兄は今、状況を整理している」

「はい、待ちましょう」

素直に応えたファティマは、再び雑誌に目を戻した。

「お兄ちゃんは、つくづくオカルトが好きですね……」

「それほどでもない」

ファティマのつぶやきを適当に流しつつ、空也は机の椅子を引くと、そこに腰掛ける。

別にベッドの端でもよかったのだが、椅子の方が彼女を眺めやすかったのだ。

「よし、まずはそこからにしよう。義叔母よ、いつから俺の妹になった？」

「たしか二十分くらい前ですね、我が甥っ子」

続柄として、ファティマは祖母の養子なのだから、義理の叔母となる。

が、それを二十分ほど前に脳内で変更して妹となったらしい。

「勘違いしているわけではなくて一安心だ。では、次。二十分ほど前に発生した十六歳の我が妹よ――」

それまで視界の隅に映すだけ、しかし常に映し続けていたものをしっかりと見据えて、空也は続ける。

「――その子供パンツは、役作りの一環か？」

ベッドに寝っ転がって行儀悪く脚を遊ばせていたせいだろう、彼女のスカートは捲れ上がっていたのだ。

「…………っ！」

空也に指摘された瞬間、ファティマは首筋まで真っ赤《まか》になった。

バネ仕掛けよろしく跳ね上がり、スカートの裾《すそ》を引っ張るようにしてベッドに座り込むと、彼女は猛然と喚《わめ》き出す。

「そうですよ役作りですよ悪いですか愛用してますよ肌触りがいいんですからいいじゃないですか！　というか一瞥《いちべつ》しただけで子供パンツと看破する眼力にびっくりですよヘンタイドスケベお兄ちゃん！」

「この期に及《およ》んで、なお妹として振る舞うのは称賛しよう。が、そこまで言うか……」

あまりといえばあまりなことを言われ、空也は傷ついた。

「そんな原色パステルカラーにバックプリントまであるようなシロモノは、子供パンツと判断するのが常識だろうに……」

「変態紳士の常識で語らないでください！　そもそも、それを知ってるという時点で既におかしいんです！」

もしかしたら彼女自身、未《いま》だ子供向けパンツを使い続けていることを気にしていたのかもしれない。

睨みつける目にうっすらと涙を浮かべているのを見て、空也は触れるべきではないことに触れてしまったことを認めた。

「……この話題は、なかったことにしよう。お互い傷つけ合うだけで、幸せにはなれない」

「なんか格好よく言って誤魔化《ごまか》すのは、お兄ちゃんの悪癖です！　――が、提案は受け入れましょう。ところでお兄ちゃん、一枚いりますか？　妹の子供パンツ」

「妹のなら即答でいらん。恋人のなら、熟考してからいらん」

「……熟考しちゃうんですか……」

自分で聞いておきながら、彼の返答にファティマは引いた。

「試みに問う。お前、俺がただ『いらん』とだけ答えたら、どう思った？」

「あまりの無関心さに、枕《まくら》を涙で濡《ぬ》らしますね」

「……理不尽な話だ……」

正解などない質問だったことを確認した空也は、遠い目をしてそっと溜息をついた。

「ところでお兄ちゃん。今日の妹を見て、なにか言うことがあるのではないでしょうか？」

世を儚《はかな》んでいる空也を無視し、ファティマは、頭の両脇《りょうわき》で結った髪に手をやった。

「兄は傷心だ。放っておいてほしい」

「拗ねないでくださいよー」

やさぐれ顔でそっぽを向く空也に、ファティマは自分こそ拗ねた顔でコメントをねだる。

「ほらほら、ツインテールですよ、ツインテール。妹といえば、やはりこれですよね、ツインテール」

挙げ句、連呼しながらその髪の房をくるくる回し始めた彼女に、空也は根負けした。

本音を言えば、懸命に気を惹こうとしている彼女が可愛くて、もう少し意地悪をしていたかったのだが……本格的に機嫌を損ねられては本末転倒だ。

「妹といえばツインテールという偏見はどうかと思うが、ああ、とても可憐《かれん》だ」

「……可憐……」

今日日《きょうび》、あまり聞かない言葉で褒められて、ファティマは放心したようにぽーっとした。

が、すぐに我を取り戻すと、身を乗り出して問いただす。

「本当ですか？　お世辞ではなく？」

別に疑ったわけではない。

だが、もっと言ってほしくて、ファティマは嬉しそうに追及する。

少し古めいた形容詞を持ち出したのは無論あえてだが、よもやここまで食い付いてくるとは思わず、空也は驚いた。

もっともそれは一瞬のこと、いかにも期待で胸を膨らませてますといった顔で、彼の回答を心待ちにしている彼女が気づいたかどうかわからない程度の短時間。

彼はすぐに薄い微笑みを浮かべて、穏やかに告げた。

「俺にお世辞を言うような甲斐性はない。本当に、本心からそう思っている。もし可愛くないというヤツがいたら、俺が全員火葬場送りにしてやる。ただし、祖母ちゃんと俺の両親とお前の親族と美しいとコメントしたヤツは除く」

「……結構例外があるんですね……」

照れくささを隠すためにいらない指摘をしつつ、ファティマは、はにかんで身をくねらせた。

どう考えても気色悪い仕草なのに、そうだとは微塵《みじん》も思わず、しばしその様を堪能してから空也はぽつりとつぶやいた。

「……田んぼにこんなのがいたら、なるほど、見入るに決まっているな……」

「ひとを泥田坊《どろたぼう》扱いしないでください。指、食い千切りますよ？」

「それはまた別物だが……よく知っているな。捨てるのはどの指かわかったら満点、意味まで知ってたら花丸もあげよう」

問題を出されたファティマは、再びツインテールをくるくる回し始めた。

そうやってややの間を置いてから、

「――ところでお兄ちゃん。今日の妹を見て、なにか言うことがあるのではないでしょうか？」

降参なのか、彼女はひどいとぼけ方をした。

「主成分が、好きなことだけしかしない貪欲《どんよく》、意に沿わないことを怒る瞋恚《しんに》、判断に迷い惑う愚痴になっているな」

「悪堕《お》ちがお望みで？」

「……それはまた、いずれにしよう」

微妙な空白の間になにをイメージしていたかを問い詰められるより早く、空也はセリフを継ぎ足した。

「ところでファティマよ。実は最初から気になってはいたのだが……」

「ええ、そうでしょうとも」

さもありなんと何度も頷くファティマに、軽く頷き返してから空也は言う。

「お前、そんなに髪が長かったか？」

空也が長さのままに髪を垂らした彼女を見たのは、これが初めてだ。

風呂《ふろ》上がりや就寝前、あるいは起き抜けならば髪をクリップでまとめていないだろうが、そんなタイミングで彼が彼女に会うことはない。

だから実際のところ、彼女の髪の長さがどれくらいなのかわからなかった。

簡単にまとめているように見えて、本当は摩訶不思議な手法を使い、とても長い髪をコンパクトにまとめている可能性もあったのだ。

「……んー……花丸はあげませんが、及第点はあげましょう」

「慈悲は残ってるようでなによりだ、泥田坊」

「まだ言いやがりますか――時に香良洲くん」

妹タイムはお仕舞いらしい。

呼び名を普段のものへと戻した、髪に指を絡《から》めたままのファティマを見ながら、空也は先を促した。

「うん？」

「泥田坊というのは、こんなこともするんですか？」

ふわりと、空間に銀色が舞った。

言うなり彼女が、髪を引き抜いたからだ。

「……っ！　……ふぁっ――ふぁてぃま!?」

「おお……香良洲くんがそこまで驚愕《きょうがく》した顔、初めて見ました」

まさしく鼻高々といったドヤ顔になったファティマだが、未だ衝撃から立ち直れないまま、酸欠の魚よろしく口を開閉させている空也を見て、さすがにやりすぎたと思ったらしい。

バツの悪そうな顔になると、慌てて説明する。

「香良洲くん？　香良洲くん？　これ、ウィッグですからね？　付け毛ですからね？　ああ……まさか、ここまでショックを受けるなんて……」

「……普通、驚く……」

なんの捻《ひね》りもないセリフを口にした空也は、長く、重く息を吐き出して目を閉じると、ぶつぶつと何事かを唱え出した。

「……二、三、五、七、九、十一、十三……」

まさか念仏かと耳を澄ましたファティマはしかし、すぐになんともいえない顔になる。

「香良洲くん。おそらく素数を数えたいんだと思いますが、それ、途中から奇数になってますよ……？」

控えめにもの申すファティマに、空也は右目だけ開いた。

「知ってる。ちなみにク活用を唱えることもある。要はマインドセット、そっちに意識を一度移せれば、寿限無《じゅげむ》でも円周率でもピカソのフルネームでも、なんでもいい」

「その無駄口、ちゃんと復活できたようですね……」

空也がいつもの調子を取り戻したらしいことをセリフで悟り、ファティマはほっと胸を撫《な》で下ろした。

「寿命が縮まった気分だがな……ちなみに泥田坊は、髪を引き抜いたりしない」

律儀に問うた本人すら忘れ去っていそうなことへのアンサーを出すと、空也はやれやれとばかりに首を振る。

「付け毛なんてお洒落《しゃれ》アイテム、お前が元々持っていたとは思えん。まさか、今の一発芸のためにわざわざ買ったのか？」

「いえ、元々持ってましたよ？　だってこれ、自分の髪を使って自分で作ったものですし
――引き千切るパフォーマンスはもうしませんが、ツインテ、お気に召しませんでしたか？」

パージしたウィッグを手に持ったまま元の位置に添えて、ファティマは小首を傾げてみせた。

「なんだ、詳細な感想を聞きたいのか？　正直、お前には幼すぎる髪型だと思うのだがしかし……いや、大人ツインテールというのも、なかなかいいものだな」

つらつらと高評価を述べた後、空也は一拍置いてから、再度口を開いた。

「ファティマ。ツインテールで、ここ最近の和装になってみないか？」

「うわあ……目が本気です……」

真剣に言われ、ファティマは顔を引きつらせた。

不評なら悲しいが、さりとてここまで好評だというのも、困りものだ。

「残念ながら香良洲くん、それについては諦《あきら》めてください。このウィッグ、随分長持ちしましたが、なにぶん小学時代の髪を使ってますからね」

ファティマは言いながら、まるで未練のない様子でウィッグをゴミ箱に投げ込んだ。

「少しの時間誤魔化すだけならともかく、じっくり見ると、傷んでるわほつれてるわで、なんというか……そう、貞子《さだこ》の髪みたいになってるんです。そんなの、あまり香良洲くんに見られたくありませんよ」

「貞子の髪がどうなっていたかなどよく覚えていないが、言いたいことはわかった。それと、俺の部屋に捨てるな。いくらお前の髪とはいえ、正直ちょっと怖い」

オカルト好きだからではなく、常人の感性として、自分のものでもない切り離された長い髪が部屋にあるというのは、怖気《おぞけ》が走るものがある。

だがファティマは、にべもなかった。

「我慢してください。もしゴミの中にあるのを小縁さんが見つけたら、腰を抜かしちゃうかもしれないじゃないですか」

「それより、お前が失恋したと勘違いして、うちに突撃してくる可能性が高いのが恐ろしいのだが……」

嘆息し、空也は諦めることにした。

どうせ燃えるゴミの日は明日、たった一晩の我慢だ。

もしゴミ収集の人間が見つけたら、それはそれでトラブルの火種になりそうだから、透明なゴミ袋に入れる前に、中の見えない紙袋かなにかに移さなければなるまいが……

「さておき、だ。やはりわからん。なんでお前、付け毛なんて自作したんだ？」

自分の髪を材料にしてウィッグを作るくらいなら、そもそも切らなければいいのではないかと思う空也である。

「変装用ですよ。小学時代は、そこそこ外に出てたんですが……中学に上がってからみんな色気づいて、どこそこの店で買ってたあれなに？　とか、鬱陶《うっとう》しい詮索が多くなったので」

思い出してもウンザリなのか、ファティマは隠す風もなく、陰鬱《いんうつ》な気配を丸出しにした。

「所詮《しょせん》は浅知恵、逆に姉妹《しまい》がいるのかって聞かれることになったんですけどね。それでもなにかの役には立つかと思って、保存しておいたんです」

「納得した。しかし、スーパーロングな髪のファティマか……さだめし、似合っていただろうなあ……」

「さだめしって……古語ではないけど死語ですよ、それは……」

しみじみと言う空也に、ファティマは苦笑した。

「それとですね、香良洲くん。男の子にはわからないでしょうけど、雨の日とか、湿気を吸って重いんですよ、長い髪は。とはいえ、まあ……香良洲くんがそっちの方がいいと言うのなら、また伸ばしてみても構いませんが……今だって、それなりに長いわけですし……」

少し恥じらいを含んだ声で遠慮がちに上目遣《うわめづか》いで尋ねる彼女へと、空也は素っ気なく否やを返した。

「いや、今は今で十分可愛いから、無理に伸ばすこともない。それに伸ばしたら伸ばしたで、どうせ昔の髪型もよかったと言い出すだろうしな、俺は」

「晩ご飯はなにがいいかと聞かれて、なんでもいいと答える亭主みたいですね……」

「かかる苦労がわからんからな。あまり面倒なものを指定して、嫌われたくはない」

「隙《すき》のない回答を……」

どうでもいいからではなく、相手のことを気遣っているからこそなのだと言われてしまえば、非難することはできない。

だからファティマは責めたりしないものの、ちょっと拗ねたような顔をした。

「好きな相手のためなら、苦労は厭《いと》いませんよ？」

「気持ちは嬉しい。けど、だから、それで十分なんだ」

「この朴念仁ときたら、もう……」

どこまでも真剣な様子の空也に、ファティマは追及を諦めた。

本当はこの機会に、彼の好きな髪型を聞き出したかったのだが……あまりしつこくしては、まるでイヤガラセだ。

（今は今で可愛いって言ってくれたのは、嘘でもお世辞でもなさそうですし）

それで満足するしかあるまい。

ファティマはそう思ったものの不満を隠し切れていなかったのか、空也は真面目くさった顔でフォローを入れた。

「無論、今の短めのツインテールも、可愛いと思ってるぞ」

「香良洲くんは、口がうまくなりましたね」

ファティマは彼の称賛に、軽い笑声をこぼす。

付き合い始めたばかりだった時の彼は褒め言葉を口にするのも一苦労、いちいち顔を赤くしていたものだが……今はさらりと言っている。

かといってその言葉が軽くなったわけではないと思えるのは、彼の人徳なのか惚《ほ》れた弱みなのか、ファティマにはわからない。

「でも、褒めてくれるのは嬉しいです」

わからないが、ご機嫌取りでもおべんちゃらでもなく、空也が本当にそう感じていることは伝わっているから、ファティマは素直に喜ぶことにした。

「そう言うお前も、随分褒められ慣れてきた。以前は、すぐに真っ赤になっていたものだがな」

「ええ、免疫ができましたから――あ、かといって、嬉しさが薄らいだというわけではありませんよ？　相変わらず嬉しいです、あなたに褒めてもらえるのは」

喜びを噛みしめるかのごとくはにかんだファティマに、空也はひとつ頷いた。

「もっと凄い言葉を用意しろとか言われなくてよかった。ああ、それとだな、ファティマ、実はそろそろ限界なんだ」

「？　もしかして、なにか気に入らないことを我慢していたんですか？」

ぎょっとしてファティマは、慌ただしく身なりをチェックした。

——制服が問題なのだろうか？　学校気分を引きずってしまい、切り替えができないとかで。

いや——

「まさか、子供パンツがそこまで……⁉」

思い当たり、ファティマは愕然とした。

彼の嗜好を知りたかったのだから、気に入らないポイントとて貴重な情報だ。

（だからって……パンツ……パンツですか……）

見えない部分である。

そうそう見られてたまるかという部分である。

つまり、視覚情報として捉《とら》えられるものではないのだから、それほど気にするものではないだろうと思う。

けれど彼は、オカルトを好んでいる。

オカルト……すなわち想像上の産物、見えないがゆえに確固たる存在を持つものだ。

ならばそう、見えないパンツもまた、同義なのではないか。

見えないからこそ存在を強め、彼の精神に大きく作用しているのではないか。

ましてや彼は一度見ている。今は隠されているものを、はっきりと目撃している。

もし彼のオカルト好きが、隠匿《いんとく》された神秘、誰もが知りながら触れえない、解明されないまま朽ちていく謎《なぞ》といったアンタッチャブルなものにその手を届かせたいという欲求に基づくものならば……彼が限界というのは、気に入らないものを許容する限界なのではなく……

「か……香良洲、くん。その……あなたが望むのなら、私も覚悟を決めますが……まだ早いというか、ちょっと人道を踏み外しているというか……」

涙ぐむほどの羞恥で顔を真っ赤にし、ぎゅっと目を閉じて、スカートの裾を力一杯握りしめ、彼女は決死の思いで問い穿《うが》つ。

「今ここで脱いだパンツの方がいいですよねっ⁉」

「……お前の脳内で、俺はどういう扱いを受けてるんだ……いや、いい、言うな。聞きたくない」

頭痛か目眩《めまい》が起きたのか、空也は右手で眉間を揉《も》みほぐしつつ、左手を軽く上げて彼女を制した。

「あまりに阿呆なセリフで少し収まったが……なんでもない顔で、お前を褒めるのもそろそろ限界だと言っているのだ」

厳密には、褒めるだけだったらいくらでもできる。語彙《ごい》の限り、褒め続けることは可能だろう。

問題なのは、彼女のリアクションだ。

嬉しそうに笑ったり、恥ずかしそうにはにかんだり、照れくさそうに微笑んだり、もっととねだるようにわざとらしく拗ねたり……いちいち全てに、心を奪われてしまう。

自分の言葉が彼女にそうさせているのだと思うと、頬がだらしなく緩《ゆる》んでしまいそうになって仕方ない。

そんなもの、堪《こら》えるにも限度があり、そのメーターはもう危険域に達している。

ファティマのトンチンカンな発言でクールダウンはしたが、その直前の恥じらって涙ぐんだ顔でヒートアップ、未踏破領域に入ってしまっていたので、差し引きややプラスといったところだろう。

「……なるほど、そちらでしたか……なるほど……いえ、もちろんさっきのは冗談でしたよ。ええ、冗談です。たとえなにひとつ信じられなくなろうと、香良洲くんのことだけは信じますとも」

気まずそうな面持ちで明後日の方を見やり、ファティマは白々しくとぼけた。

「そこまでいくと盲信というものだろう……」

「そう言うあなたは不信です。もう少しくらい、私を信じてくれてもいいじゃないですか」

やさぐれた溜息をつく空也に、ファティマは口を尖《とが》らせる。

しかし彼女はすぐに、にんまりと眉をしならせた。

「ところで……香良洲くん」

「聞きたくないのだが……」

「ダメです」

湧《わ》き上がる悪い予感から空也は逃れようとするが、ファティマはそれを許さない。

彼女はずいっと身を乗り出して顔を近づけると、改めて口を開く。

「正直に言いますと、あなたの容姿風体は、十人並みだと思います」

「悪かったな」

「でも――」

なにを今さら言い出すのかとばかりに、ぶすっとふて腐れた空也に、ファティマはくすりと相好を崩した。

「香良洲くんは、とても優しいです」

「臆病《おくびょう》なだけだ。俺はきっと、踏み込まなければならない時にも踏み込めんよ」

「けどそれは、傷ついた相手の痛みを、わかってしまうからでしょう?」

「それを恐れることを、臆病というんだ」

「わかって躊躇《ちゅうちょ》するなら、優しさですよ」

畳みかけてくるファティマに反論できず、空也は沈黙した。

「出会ったばかりでほとんど縁のない私を、助けてくれたじゃないですか。それを優しさと呼ばないで、なんて呼ぶんですか？」

「一目惚れしてたんでな。下心とでも呼べばいい」

「いくら悪ぶっても、私を大切にしてくれている時点で説得力皆無ですよ、香良洲くん」

柔らかく微笑み、諭すように言われ、空也は為《な》す術《すべ》を失いそっぽを向いた。

その首筋は、照れているのかほんのりと赤い。

「それに、話していて楽しいです。無駄知識ばっかりですけど、私、そういうのを聞くのは嫌いじゃないんです。いえ、もしかしたら、あなたの声が好きなだけなのかも」

「…………」

赤みが増す。

「うん……やっぱり、好きですね。穏やかで、ゆったりとした話し方も、素敵だと思います」

「…………」

さらに増す。

「時々ちょっと意地悪になるのも、そんなに嫌じゃないんです。ああ、反応してほしいんだなって、わかりますから」

「……っ……」

空也がちらりと横目で覗《のぞ》いたファティマの表情は、どこか年上めいて見えた。

慈しみ、優しく、包容力に溢れた、母性的なそれだった。

「あと、結構可愛いですよね。褒められて嬉しいのに、恥ずかしいばかりでどうやって受け止めればいいかわからず、そうやって頑張って何食わぬ顔をしようとしているところとか」

正鵠《せいこく》を射ていた。

まさしく彼女の言う通り、空也とて人間だ、褒められるのは嬉しい。

嬉しいのだが、それをどう表せばいいかわからず持て余してしまう。

ただただ照れくさくて、くすぐったくて、面映《おもは》ゆい。

そういったものを顔に出すのが恥ずかしく、やせ我慢して堪えてしまうのだ。

「いつも私が香良洲くんに褒められる一方で、私が香良洲くんを褒めることはなかったですから、免疫がなくて効果覿面《てきめん》でしょう?」

「俺に白旗を振らせたいなら、あと一手だぞ」

いまいち調子の出てない減らず口を叩《たた》いた空也は、やれやれとばかりに首を振った。

「だがファティマ、それはお前とて同じだろう?」

彼の言う通りだった。

彼女を褒めるばかりの空也に褒められる耐性がない、その裏面は、ファティマは褒められるばかりで褒める耐性がない、だ。

「否定はしませんよ。どうして世界からツンデレが消えないのかを、身をもって理解しているところです」

好きな相手の好きなところを挙げることの大変さに、ファティマは感動すら覚えていた。

比べて好意に甘えて悪く言うことの、どれほど楽なことか。

そして、空也が繰り返し好意を口にする理由もわかった。

いくら言葉を重ねても足りない。

どんな言葉を使っても、どこか違う。

その不足を埋めたくて、その差異をなくしたくて、拙《つたな》くとも言い募る。

いっそ愚直ではあるが、相手が反応してくれて、少しでも伝わったという実感を得られると、嬉しくてたまらなくなるのだ。

「ああ、でも――」

セリフを半ばで区切り、彼女は沈黙した。

よくわからない感情が、いや、あまりにも多くの悲喜交々《ひきこもごも》が折り重なって、よくわからなくなった感情が濃密に漂う、ほんの僅《わず》かな空白。

そんな一拍の間を空けて、ファティマは続ける。

「――なにも、聞かないんですね」

これほど好きで、気持ちを少しでも伝えたいと思える相手だから、不安が消えない。

こんなにも自分を好きになってくれて、懸命に好きだと伝えてくれる相手だというのに、不安を拭えない。

――彼は本当は、自分になんか興味がないのではないか。

彼に好意を伝えるたびに、彼の好意を感じるたびに、その不安が大きくなってしまうのだ。

自分が好意を必死に伝えるのは、彼の本当の気持ちに気づいていて、それでも繋《つな》ぎ止めたいからなのではないか。

彼が好意を口にするのは、自身の本当の気持ちをわかっているから、それを誤魔化すためなのではないか。

違うというのなら、なぜ彼に、過去のことを聞いてくれて構わないと言わないのか。なぜ彼は、過去のことを聞かないのか。

たしかに、詮索をしないというのがふたりの関係の前提だ。

それなくしては始まりもしなかったほど、大切な、重要な大前提だ。

そんなものを、今さら覆《くつがえ》せという方がおかしい。

間違っているのはファティマの方で、詮索しない空也の方が正しい。

自分の気持ちを、彼が示してくれている好意を信じられないファティマが、全面的に悪い。

彼に非はない、なにひとつとして。

それでも口から出たのは、空也への非難だった。

「……私、頑張りましたよ？　あなたに聞いてほしくて、詮索してほしくて、頑張りましたよ？　香良洲くんの気を惹きたくて、興味を持ってほしくて、必死にやってきましたよ？」

ファティマは淡い笑みを顔に貼《は》り付けたまま、渇いた声で、悲痛な言葉を絞り出す。

ウィッグが、最後の一手だったのだ。

昔の、髪がもっと長かった頃の名残《なごり》。

今とは違う過去の自分を、象徴するもの。

彼が、似合っていただろうと想像するだけでなければよかった。

当時の写真でもないか、そう聞いてくれればと期待していた。

いや……たった一言、彼女が言えば、きっとそれで済んだのだ。

『アルバムを見ますか？』と、空也が食い付いたのだから、怯《おび》えてばかりいずにそう言ってしまえば、きっとそれで済んでいたのだ。

詮索しないのは、お互いそれが嫌だから。

なら、これについては聞いても構わないことだと教えれば、詮索しないという前提からは外れる。

なのに彼女は、彼に望んでばかりでそれをしなかった。

「ホント、馬鹿みたいです……そんなあなただから好きになったのに、そんなあなたから変わってほしいなんて……」

自制できない言葉と一緒に、ファティマは涙をこぼす。

限界だった。

彼への好意が膨れ上がるにつれて深まる、光の強さに応じて濃くなる影めいた猜疑心《さいぎしん》に耐えるのは、もう無理だった。

——違う。

もうなにもかも手遅れで、どうしようもなくなったこの場において、ファティマはようやく悟った。

限界なのは、自分への嫌悪だ。

好きだ好きだと思いつつ、空也が向けてくれている好意を信じない。なのに彼の隣に居座ろうとしている自分が、もうこれ以上許せないのだ。

その弱さ、その醜悪さが、我慢ならないのだ。

「ファティマ、俺は——」

「——帰ります。もう、来ません……」

なにか言おうとした空也を遮って、ファティマは立ち上がった。

彼の言葉を聞けば、ここにいたくなるに決まっている。

際限なく大きくなる好意と、それに従って肥大化する自己嫌悪の板挟みで苦しくてたまらなくなるとわかっているのに、目先の気持ちよさに負けてしまう。

だから彼女は、彼の言葉を聞かずに逃げ出したのだ。

第四章

Tsumetai kokou no tenkousei ha
houkago,aikagi mawashite amaderu.

——俺《おれ》は、なにを間違えた？

ファティマが去ったのはもう数時間前だというのに、その時と同じ格好で椅子に座ったまま、空也《くうや》はずっと考えていた。

とうに日は沈み、部屋は暗くなっているのに明かりもつけず、ただ彼女がいたベッドを見据え、暗澹《あんたん》たる気分で空也は自問自答していた。

聞けばよかったのだろうか？

彼女が嫌う他人のように、根掘り葉掘りと詮索《せんさく》すればよかったのだろうか？

——そんなこと、できるものか。

それがどんなに苛立《いらだ》たしいことかを知っている。

彼女もまたそう感じるからこそ、始まった関係だ。

そんな大前提を今さら覆すなど、どうしてできよう。

たとえ……たとえファティマが、それを望んでいたとしても、だ。

空也とて、馬鹿《ばか》ではない。

気づいていた。わかっていた。

詮索を厭う彼女が、意味ありげに古いものを見せたり、奇行に走ったり、過去を指し示す小道具を持ち出したりする真意を、察してはいた。

彼女が鍵《かぎ》を持っているのだと、気づいていた。

人間嫌いな彼女が築き上げた心の壁、その裡《うち》に入るための合鍵《あいかぎ》を差し出していると、理解していた。

彼女が許可を出しているのだと、これを使って尋ねてほしいと、鍵を渡そうとしていることを、わかっていたのだ。

だがそれでも、受け取らなかった。

使うのが、怖かったからだ。

なにしろ積み上げてきた全《すべ》ては、『互いに詮索しない』という土台の上にある。

その土台を崩した時、上に築いたものが無事だと思うほど、空也は楽観的ではない。

それゆえに、彼女にあれこれ問うのを恐れた。

そんな知らない過去を掘り返さなくても、これから互いに知っている時間を過去として積み重ねていけば、それでいいと信じた。

「……お為ごかしはやめろよ、俺……」

空也は、陰鬱《いんうつ》に笑って自嘲《じちょう》した。

ずらずらと並べ立てた全ては、ただの言い訳だ。

ファティマは、空也があれこれ問うたところでなにひとつ変わらないだろう。

構わないと言っておきながら、いざその段になって態度を一変させるような人間ではない。

そんな、安っぽい女の子ではない。

彼が信じられなかったのは、自分自身だ。

彼女を詮索するということは、彼女に詮索を許すという意味でもある。

だが……ファティマに詮索された時、それを受け入れられるのか？　許容できると断言できるのか？

その他大勢と同様に、彼女の問いかけを、鬱陶《うっとう》しいと思ってしまうのではないか？

そんな身勝手な自分を、彼女は好きでいてくれるのか？

つまりは……とどのつまりは、それなのだ。

彼女を好きだ好きだと言いながら、特別扱いすることで特別扱いされることに恐怖した。

臆病《おくびょう》風に吹かれ、踏み込まなければいけない時に踏み込めなかった。

自分の恋を信じられなかったから、あれほど好意を寄せてくれた彼女を傷つけた。

彼女がいなくなった今さら、惨めに己《おのれ》の不甲斐《ふがい》なさを悔いる羽目になっている。

なぜ、自分を信じなかった？　好きで、好きで、大好きな彼女を、どうして特別にできなかった？

生まれて初めて、自分から告白しようと決心したほどの相手を、なぜ――

「……そうか……俺はそれを、最初を間違えていたのか……」

頭が割れそうな痛みを催すほどに自問して、ようやく空也が答えを得るのと、古めかしい黒電話がけたたましく鳴り出すのは同時だった。

重い足取りで階下へと降り、取った受話器から聞こえたのは、やはり重い声だった。

「言ったはずだよ、空也。あの子を泣かせたら、容赦しないと」

声の主は、予想通り小縁《こより》だった。

ファティマから詳しい経緯を聞いたのか、それとも聞いていないのか、いずれにせよ彼女は養女の味方をすると決めたらしい。

そのことに――彼女が孤独にならなかったことに安堵《あんど》しながら、空也は応《こた》えた。

「ああ、覚えているよ」

「そうかい。じゃあ、文句はないね――縁切りだよ。あんたはもう、孫でも何でもない、赤の他人だ。即刻、その家を出て行きな」

小縁がどれほど怒っているかを窺《うかが》わせる、ひどく冷たい声だった。

幼少の空也が狡《ずる》い真似《まね》をした時、卑怯《ひきょう》なことをした時に叱《しか》りつけた声に近いが、愛情がすっぱりとなくなっている分、比較にならないほど冷酷だった。

それに、空也は異を唱えた。

「――一日、待ってほしい」

自分でも驚くほど、鋼《はがね》のような――否《いな》、刃金のような声が出た。

小縁の夫である空悟《くうご》に、空也が尊敬する祖父に及《およ》ばずとも、それを偲《しの》ばせる強い声だった。

その強さ、あるいは強さをもたらしたなにかを感じ取ったのだろう、

「わかった。その声に免じて、一日だけ待つ――空也、あんたも久礼《くれい》の男なら、意地をお見せ」

最後の一言は、祖母としての優しさに満ちたものだった。

◆◇◆◇◆◇◆

小さな音を立てて受話器を置いてから、小縁は、所在なく階段に立っているファティマを見て溜息《ためいき》をつく。

「なんて顔してるんだい、この子は……」

「……香良洲《からす》くんが、悪いわけではないんです……」

「そうさね。けどあの子は、誰《だれ》かが罰してやらないと、延々自分を苛《いじ》めちまう難儀な子なのさ」

帰宅したままの制服姿、泣《な》き腫《は》らして真《ま》っ赤《か》にした目、掠《かす》れた声で、それでも空也を擁護

するファティマに、小縁はひとつ心を固めた。

今まで彼女は、古い友人からの大切な預かりものだった。

養女に迎えはしたものの、小縁の中ではそうなっていた。

だから、もしその古い友人がファティマを返せ、こっちで育てると言い出したのなら、そうするだろうと思っていた。

普段は空也よりファティマを贔屓するが、最後の瞬間においては、空也を優先するだろうと思っていたのだ。

だが、こんな有様《ありさま》でなお好きな相手のために弁明する彼女を見て、意を決した。

今この時この場より、自分の娘として遇《ぐう》しようと決めた。

大ファティマが返せと言ってきたとしても、うちの娘をやるもんかと、突っぱねると決めた。

孫である空也と対等に、どちらかを選ばなければならないとなったら、たとえ太陽の下を歩けなくなるような手段を使おうと、必ずどちらも選ぶと心を決めた。

「ですが……大切なお孫さんなんでしょう？　縁切りなんて……」

「まったく……これでうまくいかないってんだから、人生ってのは難しいねえ……」

食い下がるファティマに困ったように微笑んで、小縁は義理の娘を抱きしめてやる。

「しゃんとしろとは言わないよ。伊達《だて》に歳《とし》は食っちゃいないんだ、辛いだろうってことくらいはわかってる。無理せず落ち込んでいい」

優しい声だった。

酸《す》いも甘いも嚙み分けてきたからこその理解を感じさせる、包容力に満ちた声だった。

「でもね、ファティマ。よくお聞き」

「……はい」

そんな声に逆らえるはずもなく、ファティマは素直に頷《うなず》いた。

「立ち入ったことは知らないし、聞くつもりもない。けどね、こういうのは、どっちが悪いって話じゃないんだよ。強いて言うならどっちも悪いが、とどのつまりはただの行き違いさ。それも、よくあるね」

「……よくあるんですか？　こんなに辛いのに？」

「そうだね。特にあんたたちは、ずけずけ踏み入れない性分だ。だからひとりで思い悩んで、結局こうなっちまうってことは、なおさらに多いだろうよ」

「…………」

きっぱりとした指摘に、ファティマは小縁の胸元《むなもと》を握る指を、ぎゅっと握りしめた。

ただ一回でも胸が潰《つぶ》れそうな思いをしているというのに、それを何度も？

想像するだけで、ぞっとする。

「別れるってのも、ひとつの手だろうね。あんたがそれを選んでも、あたしゃそれを責めようとは思わないいし、誰にも悪く言わせやしない」

あるいは、空也はもう、それを選んだのかもしれない。

お互い似ているのだ、相手の苦しさ、痛みを、我がことのように理解できるはずだ。

そして自分は我慢する、だからお前も我慢しろなどと言える空也でもない。

ならば、好きな相手にこんな思いをさせるくらいならと別離を選んだところで、なんら不思議はない。

「このまま付き合い続けるってんなら、それもいい。苦しいこと、辛いことは、これだけでなく他にもいろいろあるだろうけど、それに見合うだけの楽しいこと、幸せなことも、きっとたくさんあるだろうさ」

古馴染《なじ》みからのかけがえない預かりもの、そして自分で養女に迎えると決めたファティマに、人生の先達として語りながら、ふと小縁は思った。

先ほど聞いた、空也の声――なにか大切なことを、不退転《ふたいてん》の覚悟で決めた空悟の声を思わせる声だった。

まだまだ未熟、刃へと鍛え上げられる前の刃金に過ぎないが、それでもたしかに同じ強さを宿していた。

なら……期待していいのかもしれない。

男子三日会わざれば、などというが、孫にとってこの数時間は、その三日に匹敵《ひってき》するほどの意義があったのかもしれない。

しかしいずれにせよ、それは彼と会って、ファティマが決めることだと小縁は判断した。

「いいかい？　ファティマ。どちらを選ぶにせよ、選ばないにせよ、自分で決めるんだ。助言はする。欲しいってんなら、意見もしよう。けど最後には必ず、あんたが自分の意思で、自分の心で決めるんだ。他人に決めてもらおうなんてのは、あたしの娘にゃ許さないよ」

これは人生の一大事なのだから、彼女が彼女の責任において決めることであり、決めなくてはならないことだ。

◆◇◆◇◆◇◆

親友と違って紅葉《こうよう》は人並みに社交的であり、朝のお喋《しゃべ》りにも前向きである。

そんな紅葉の登校時間は、八時が常だ。

それは、昨夜のドラマだとか宿題云々だとかの会話を一通りこなすと、丁度ホームルームが始まるくらいになるからである。

対して空也は、ホームルーム開始のチャイムと同時に着席する。

恐ろしいほど正確で、雨が降ろうと風が吹こうと変わりない。

いっそ、彼が着席するからチャイムが鳴るのだと思うほどだ。

「おはよう、こーちゃん」

その、彼が来た。

なんの変哲もない、ごくごく普通の挨拶《あいさつ》をしてくる空也に、

「…………？」

わずかな違和感を覚え、紅葉は返すべき口上を忘れた。

（……なーんか、違う……）

声がいつもと少しだけ違う。

機嫌が悪そうなわけではない。かといって、機嫌がよさそうなのかといえば、そうでもない。

声音《こわね》は変わらず、声色《こわいろ》も同じ。

ただ――芯《しん》がある。

これまでの空也が、腑《ふ》抜けた声を出していたというわけではない。

だが、そういっていいほどに、今の空也の声には確固たる芯がある。

「どうした？　こーちゃんが礼を失するなど、随分珍しい」

「いや……久し振りだなって、思ってね……」

紅葉が空也の声の変化に気づいたのは、なにも彼が親友だからというだけではない。

知っていたからだ。前にも、聞いたことがあるからだ。

中学時代、お互い剣道をやっていた時に、何度か聞いたことがあるからだ。

それはたとえば、団体戦における天王山、勝敗を分けるここ一番の時。

あるいは、全敗で迎えた最後の一戦、大将戦において。

空也が、こういう声を出した時があった。

そしてこの声を出した空也に、敗北はなかった。

なぜなら、今の彼は絶対無敵だから——などということではない。

そもそも勝敗などただの結果、見るべき点はそこではないのだ。

重要なのは、彼が真実、心底、真剣になったということ。

眼前の事態に、全身全霊で挑む意を決したことだ。

「勘違いだろう」

しかしそれを、空也は否定した。

ゆるゆると首を振り、静かに言いながら鞄《かばん》を置く。

「俺は未《いま》だかつて、ここまで本気になったことはない」

同時、ホームルーム開始のチャイムが鳴った。

彼が座っていないのにもかかわらず、だ。

いや、それ自体はおかしなことではない。

いくらこれまで空也の着席とチャイムが同時だったとしても、それはたまたま同時だっただけだ。

関連性はなく、どちらかが欠けたらもう片方も消滅する事象というわけではない。

チャイムが鳴らなくても空也は座るし、空也が座らなくてもチャイムは鳴る。

おかしいのは、チャイムが鳴ったというのに、空也は席に着く素振りをまったく見せないということだ。

「少なくとも、授業よりそっちを重要視していることはわかった。そっちってのが、どっちなのかはわかんないけど……」

紅葉は、具体的にはわからないものの、彼がなにかの問題を抱え、真剣にそれを解決するつもりだということを悟って、小さく息を吐く。

「それで、オレにできることは?」

「……たまに、こんなできたヤツが俺の友人をやっているのは、なにかとんでもない陰謀があるからなのではと疑いたくなる……」

あまりにも物わかりのいい紅葉に呻《うめ》いてから、空也は隣にあるファティマの席へと視線をやった。

「ファティマを見なかったか?」

登校していることはわかっている。

久礼の家に寄った時にファティマはいなかったことに加え、彼女の机の脇《わき》には鞄が吊《つ》り下げられているからだ。

見当たらないが、登校したのは間違いない。

「見てないなあ……とはいえ、いつものことだし」

予想通りファティマのことだったかと納得しつつ、紅葉は答えた。

ファティマは帰宅する時と同様、登校時もいつの間にか着席している。

チャイム以降教師が現れるまでの間に、忽然《こつぜん》と出現しているのだ。

「こーちゃん。今まで、春の次に夏が来なかったことはない。だがそれは、今年もそうだという保証にはならん」

だからといって今日もそうだとは限らないと告げつつ、空也は歩き出した。

その背に、聞いていないことはわかりながらも紅葉は、まるで全て見透かしているようなセリフを投げた。

「そうだね。けどオレは、わけのわかんない展開なんていらないよ。普通に、春の次に夏が来る方がいい」

お似合いのふたりが破局している展開なんてものは願い下げで、普通に、お似合いのふたりはお似合いのカップルのままでいてほしい。

紅葉の言葉はつまり、そういうことだった。

◆◇◆◇◆◇◆

いじけた様子で、ファティマは椅子の上に体育座りをしていた。

場所は図書館にある避難所――空也に教えて貰《もら》った場所であり、彼に告白された場所である。

そんな場所だ、彼はすぐに彼女がここにいると推測するだろう。

空也はそれほど間が抜けてはいない。万が一そうだったとしても、ファティマが隠れられる場所などいくつもないのだ、総当たりしたところでさほど時間はかかるまい。

ファティマは、そのことを重々承知していた。

きっと空也は、すぐにこの避難所へやってくるだろう。

そしてそれは、彼女が自分で設定したタイムリミットだ。

時間があるから、いつまでも悩み続ける。悩むことに逃げ込んで、結論を先延ばしし続けてしまう。

それゆえに刻限を切ったのだ。

苦しい思いを、今のようなものだけでなく、もっと多種多様な苦しい思いを味わうのを承知で空也と付き合い続けるか。

それとも、すっぱりと別れるか。

決めなくてはならないデッドラインを引いて、自分を追い込んだ。

だというのに、彼女は未だ決められないでいた。

こんな、胸が潰れそうな思いはもう嫌だ。

空也に期待するだけで自分から動くことは恐怖してばかり、そんな意気地なしな心を否応なしに見せつけられ続けるのは、辛くて辛くて仕方ない。

いっそ別れて楽になりたいと思う。

そしてそう思うたび、心が空っぽになったかのように寒々しくなる。

彼といることで得ているのは、辛いことだけではない。

空也との他愛《たあい》ないお喋り、何気ない時間——楽しいことがたくさんある。

彼に褒められること、彼を褒めること——嬉《うれ》しいこともたくさんある。

そういう幸せなことも、たしかにあった。

彼の隣にいれば、これからもきっと、そういう幸せがあるだろう。

彼が隣にいれば、これからきっと、そうでない幸せもあるだろう。

彼と別れるということは、そんな幸福を、未来を、手放すということだ。

知らなかったならいざ知らず、知ってしまった今、それをできるのか？

そもそも根源的な問題として、ファティマ・クレイは香良洲空也以上に、好きになれる相手がいるのか？

きっといない。今までも、そしてこれからも、彼以上好きになれる相手などいない。

——わかっている。

こんなものは、ただの幻想だ。初恋に舞い上がった人間が、いや、恋に盲《めし》いた人間が陥《おちい》る、ありふれた錯覚だ。
ファティマはまだ子供だが、それを弁《わきま》えるほどには大人でもある。
しかし、そうとわかっていてなお、空也と別れるのは悲しい。
だから、別れようと思うたびに決心が鈍る。
ならば付き合い続ければいいと思えば、もう辛いのは嫌だと心が悲鳴を上げる。
結果、どちらも選べない。
選べないまま時は過ぎ、そして――
「――ファティマ」
――刻限が来た。来てしまった。
「……香良洲くん」
名前を呼ばれ、顔を上げたファティマの目の前に、彼はいた。
その表情を見て、すぐにファティマはわかった。
空也はもう決断している。
いや……おそらく彼は、昨夜の時点でどうするかを決めていたのだろう。
一晩過ぎてなお、その決心が変わらなかったから、ここに来た。
あれも嫌、これも嫌と、駄々をこねている彼女とは違う彼が、告げる。
「――俺たちは、別れた方がいい」

悲しいほどに強い、刃のような声だった。

◆◇◆◇◆◇◆

別れを告げた空也は、心が軋《きし》むのを感じた。

いっそここで泣き喚《わめ》いてしまえという、後ろ向きな考えがよぎる。

魅力的な発想だった。

みっともなく号泣して、なにもかもをぶち壊しにしてしまえば、ファティマに愛想を尽かされれば、きっと楽になれる。

その後しばらく、自己嫌悪に苛《さいな》まれるだろうが……そんなもの、いずれ慣れるだろう。

だが……そんな負け犬の思考は、すぐに消えた。

耐えるべきだと、ここが男の見せどころと心を奮い立たせる。

彼女の顔を見たからだ。

別れを告げた瞬間、生彩を失ったファティマの顔を見たからだ。

——ぞっとするほど、今の彼女は綺麗《きれい》だった。

表情が抜け落ち、感情の消えた彼女は、背筋が凍るほどに美しかった。

だがそれは、空也が好きになったファティマではない。

こんな、美しさ以外になにもない彼女を好きになるはずがない。

好きになったのは彼女の笑顔だ。本を読んで、感動をこぼすように笑みを浮かべる彼女を、好きになったのだ。

その感情の鮮やかさ、その表情の華やかさこそを、好きになったのだ。

そんな笑顔を自分に向けてくれたらどれほど嬉しいだろうと考えると、いてもたってもいられなくなったのだ。

だからこそ、告白しようと思った。

思うだけでなく、そうしてほしいと、明確に意志表示しようとした。

そこに、全ての間違いがあった。

この破局の原因が、そこにあった。

このままだとふたりとも潰れて終わりという、詰みにいたる道筋は、そこから始まっていたのだ。

「済まなかった。お前に、こんな顔をさせたいわけではなかったんだ。辛い思いを、させたいわけではなかったんだ」

弁解するように、許しを乞うように、空也は言う。

「俺が、間違えたせいだ。その間違いにお前を付き合わせたことを、本当に済まないと思っている」

「……香良洲くん……」

掠れた彼女の声が、悲痛だった。

彼女にどれほど辛い思いをさせたのかと思うと、自分を殴り殺したくなる。

「ファティマ、別れよう。俺は自業自得だ、どうでもいい。だが、俺のせいでお前が潰れるのだけは我慢がならない」

その衝動を堪《こら》え、空也は続けた。

自分で始めたことだ。ならば、終わらせる義務がある。

けじめは、つけなければならない。

「違う……嫌です、こんなのは……」

「いくらお前の望みでも、それだけは駄目だ、それだけは」

震える声で拒絶しようとするファティマに、空也は冷酷なまでに断言した。

小縁はかつて、名刀はちゃんと鞘《さや》にしまわれているべきと言ったが……ファティマは今、しまわれているべき刀を彼が抜いているのだと感じた。

そして小縁はこうも言った。まだまだナマクラだと。

たしかにナマクラ、切れ味はさほどではない。だが空也は切らなくてはならないものを切っているという、辛い確信があった。

「俺たちのこの関係は、間違っていたんだよ、ファティマ。だから、別れなくちゃいけない。

こんなものは砂上《さじょう》の楼閣《ろうかく》だ、なにを築き上げたところで、崩壊するのは目に見えている」

そう、まさしく砂上の楼閣だ。

いくら想《おも》いを重ねようと、いつか、それも遠くないうちに必ず潰《つい》える。

「…………」

もはやなにも言えず、ファティマは沈黙した。

空也は、断固たる決意で別れを告げている。

どんな言葉を使ったところで彼の意思を揺るがすことはできないと、諦《あきら》めとともに悟ったからだ。

「そう、ですか……そうなんでしょうね。あなたにばかり期待して、私はなにもしなかったんですから、ええ、この関係は歪《いびつ》で、間違ってる……」

「俺が悪いんだよ、ファティマ。お前を、特別にする踏ん切りがつかなかった俺が悪い。お前の特別となる覚悟のなかった、俺が悪い。聞きたいことはたくさんあったし、聞いてほしいこともいっぱいあったのに、俺は踏み込めなかった」

なぜ、それができなかったのか。

なぜ、踏み込むことを躊躇《ためら》ったのか。

なぜ、その覚悟を持てなかったのか。

「ファティマ——いや、こう呼ぶのはもはや馴《な》れ馴れしいか。久礼、聞いてくれ」

もう恋人ではない、ただの他人になったことを呼び方で示して、彼は言った。

「──お前が好きだ。付き合ってほしい」

──あの日、言えなかった言葉を。


間違いの発端は、それだった。

あの日、あの時、この場所で、言おうとして言えなかったこと。

空也が緊張のあまり気絶して、気を失ったまま口走り、それをファティマが受けたこと。

それが、いけなかったのだ。

曖昧《あいまい》に始めてしまった。始まりを、ふたりの起点を、蔑《ないがし》ろにしてしまった。

だから、互いに互いを特別とする踏ん切りがつかなかった。

だから、踏み込むことを躊躇った。

だから、覚悟を持てなかった。

まさしく砂上の楼閣、土台となる告白をうやむやにしたままだったのだから。

「……香良洲くん……」

表情が戻り、感情が蘇《よみがえ》り、寒気がするほどの美しさを失って──恋した華やかさを湛え始めたファティマの顔から、空也は目を逸らさない。

「俺は口下手だ。無駄な言い回しをしてお前を苛つかせることもあるだろうし、逆に言葉が足りなくて、嫌な思いをさせることもあると思う」

自分の問題点を並べることは、存外勇気が必要だった。

好きな相手に嫌われないだろうかと、恐ろしくて仕方ない。

けれど、それでも、付き合い始めてからそのせいで傷つけてしまうよりは、ずっとマシだ。

ずっとずっとマシだ。

「それは、私だって同じことです。自分で言えばいいのに思わせぶりな態度を取るばかりで、あなたを苛つかせるかもしれません。無遠慮に踏み込んで、嫌な思いをさせることも、あると思います」

ファティマも、それに応じた。

お互い欠点は同じ、嫌いなことも同じ。

なのにそれこそを望んでいるのだから、きっとこれから何度も失敗するだろう。

不快な思いをさせて、嫌な目に遭わせてしまうだろう。

「それでも俺は、お前が好きなんだ。だからせめて最後には、お前が笑っていられるように努力する。辛い思いをさせた分以上に、嬉しい思いをさせたいと思っている」

「……私も……私だって……」

——そうしようと思う。そうなるべく、努力する。

こみ上げる感情に邪魔されて、ファティマは言葉にできなかった。

「こんな俺でよければ、また──いや、今度こそ、お前を馴れ馴れしくファティマと呼ばせてほしい」

やはり恥ずかしいのだろう、顔を真っ赤にして告白を続ける空也に、ファティマは頷く。

口を開くとみっともない嗚咽《おえつ》が漏《も》れてしまうから、言葉では返せなかったけど、ファティマは何度も首肯《しゅこう》して、またそう呼んでほしいと必死に伝える。

しかし彼の告白は、そこで終わったりはしなかった。

再び、いや、ようやく恋人同士となれたことは、一瞬安堵を顔に浮かべたのだからわかっているはずだ。

なのに、否、だからこそ続きがあった。

「ファティマ──結婚を前提に、俺と付き合ってほしい」

「…………──」

ファティマは、意識が真っ白になった。

まるで意味がわからない。

いや、言葉の意味はわかる。それくらいはわかる。

なんでそうなるかが、まったくさっぱりわからない。

致し方なしとはいえ別れを切り出されたのが、ついさっき。

その次の瞬間にはうわ言ではなく、はっきりとした彼の意思で、彼の言葉で告白された。

続いて、間髪入れずのプロポーズ。

さすがに、早すぎる。

いくらなんでも、性急《せいきゅう》すぎる。

もっとふたりで時間を積み重ね、恋だとか、愛だとか、まあ、そんなものを育んでからすべきなのではないだろうか。

どうにも動きの鈍い頭で、ファティマはそう思う。

そう思ったのだが——

「……はい。喜んで」

恥じらいを、しかしそれ以上の喜びを顔に滲《にじ》ませて、彼女は頷いた。

それが目指す先にあるというのは、素敵なことだと思ったからだ。

エピローグ

Tsumetai kokou no tenkousei ha houkago, aikagi mawashite amadereru.

すったもんだあったものの、どうにかこうにか今度こそ正式に付き合いを始めた帰り道、新月を過ぎて再び満ち始めた月の、弱々しい光の下で――

「というかもー、なんなんですか！　ねえ、なんなんですかっ⁉　なんで別れ話が婚約で終わるんですか⁉」

ファティマは憤懣《ふんまん》やる方なしといった体で、盛大に喚《わめ》き散らしていた。

「冷静に考えたら、おかしいですよね⁉　いーじゃないですか！　失恋なんて辛い想《おも》いしなくたって！　そのまま仕切り直して！　香良洲《からす》くんが告白し直して！　私がＯＫして！　それから婚約！　それで済んだ話ですよね⁉」

「俺《おれ》が言うのもなんだが、婚約はおかしくないのか？」

「おかしくないです！　いいんです！」

力強く断言したファティマに、そうか、いいのかと、笑おうとして失敗したような、なんともいえない表情になりながら空也《くうや》は反論した。

「今にして思えば、お前の言う通りなのだが……しかし、過ぎてからどうこう言うのは、いささか卑怯《ひきょう》なのではなかろうか……」

その声は弱い。

実際、彼女の言う順番でもよかったとは思うのだが、空也も空也でいっぱいいっぱいだったのだ。

その点を考慮してもらいたいものなのだが……彼女にあんな顔をさせてしまったという後ろめたさもあり、口に出せなかったのだ。

「シャラップ！　そこ、反論しない！」

「……はい、しません……」

そして、違う意味でも言い出せない。

いつか歩いた桜並木、つまり周囲に民家などなく大っぴらに大声を出せる環境のせいか、誰《だれ》憚《はばか》ることなく不満をぶちまけるファティマの勢いは、異論を挟む隙間《すきま》がないのだ。

「というか香良洲くん！　もしかしてあなた、初恋は実らない教の信者なんですか⁉　実りますよ！　たまには！　きっと！」

「………」

そんな人の恋路を邪魔して回っては馬に蹴《け》られていそうな邪教があってたまるかと思ったが、空也は思うだけに留めた。

言ってしまえば倍返し、いや、三倍返しになるだろうことは想像に難くなかったし、なにより……今のぷりぷり怒っているファティマというのが、新鮮だったからだ。

「……なにニヤけてるんですか？　このトーヘンボク。言いたいことがあるなら、どうぞ、仰《おっしゃ》りなさいな」

が、黙っていたらいたで、お気に召さなかったらしい。

ジト目で睨《にら》まれ、空也は困り顔に笑みを浮かべた。

「……そんな、絞首台《こうしゅだい》のロープを押し売りされてもな……」

「な・ん・で！　どうしてあなたはそうマイペースなんですか⁉」

「うん、まあ……今夜の月は、格別に綺麗《きれい》だと思ってるからじゃないか？」

「……――――っ！」

空也の一言の効果は、いっそ劇的だった。

言い立てていたファティマは沈黙し、瞬間で、夜目にもわかるほど真っ赤《まか》になっていた。

彼女は思い出したのだ。つい先日、気取ってそういうことを、まさしくこの場所で口にしたことを。

「つまり、そういうことなんだ。なんだかんだ言ったところで、お前に嫌われてはいないようだし、婚約にも前向きなようだし……いや、正直、嫌われなくても、気が早すぎると呆《あき》れられてるんじゃないかと、不安だったんだ」

「……呆れてるじゃないですか、こうやって。それはもう、盛大に」

ファティマはそっぽを向くと、拗《す》ねたように呻《うめ》いた。

「そうか、それは済まなかった。俺としては、それくらいお前を特別に想っているということを示したかったんだが……お前がそう言うのなら、なかったことに——」

「しません！　絶対に！」

空也の語尾を噛《か》む勢いで、ファティマは断固として拒絶した。

「今度は婚約解消ですか⁉　意地悪ですよ、香良洲くん！　というか、私はもう結婚できるんですから、あなたも早くそういう歳《とし》になってくださいよ！　あと二歳、なんとかして早急に！」

「他ならぬお前の頼みだ、善処する——とはいえ、そうこうしている間に、お前が結婚できない歳になっていると思うのだが」

「な・ん・で、そうなるんですか⁉　私をベニクラゲとでも思ってるんですか⁉」

「お前は俺を、そんな珍妙な生物と恋愛する人種だと思っているのか？　——ではなく、民法の改正だ。来年度から、男女ともに結婚は十八からになる」

「国家的陰謀っ⁉」

「お前はなにを言っているんだ……」

あまりにも素《す》っ頓狂《とんきょう》なファティマの発言に、空也は苦笑した。

「そもそも、十八になったらすぐに結婚なんてつもりはないぞ、俺は」

「……乙女心を弄《もてあそ》んでるんですか？　弄んでますよね？　——よし、あなたを殺して私も死にます、このクズめ！」

「少し落ち着け。わけのわからん人格崩壊なんぞしなくても、これからはいろいろ聞くし、あれこれ聞いてもらうから」

動転してとんでもないことを言い出したファティマを宥《なだ》めた空也は、ふと真剣な面持ちとなった。

「ちゃんと手に職付けて、稼げるようになってからでないと、結婚なんてちゃんちゃらおかしいだろう。お飯事《ままごと》じゃないんだ、半人前には誰も幸せにできんよ」

「む……また恐ろしく、地に足の着いたことを……」

彼は本当に、先のことを考えているのだろう。

極《きわ》めて真っ当なことを口にした空也に、ファティマは不満げな息を吐いた。

「とはいえ、少しは浮かれましょうよ……盆と正月が一緒に来たわけですし」

「正直なところ、俺だって小躍りしたいくらいだったのだが……実は少し、というか、かなり大きい問題が残っていることに、気づいてしまってな……」

「かなり、大きい、問題……？」

一言ずつ区切って、ファティマは彼の言葉を繰り返した。

空也に、からかっている様子はない。

彼は相変わらず真剣な顔に、不安の翳《かげ》りを覗《のぞ》かせている。

しかし、ファティマに心当たりはなかった。

この婚約にまつわる問題ならば、彼女にだってかかわりのあることだろうに、さっぱりわからない。

「……なんですか？　それ……」

恐る恐る尋ねるファティマに、空也は答えた。

「――祖母《ばあ》ちゃんに、なんて言えばいいと思う？」

「……あー……それがありましたか……」

すっかり見落としていたことを指摘され、ファティマは天を仰いだ。

小縁《こより》は、ふたりが付き合うことを応援してくれてはいるが……いや、真剣な交際である限りという条件があり、婚約もその延長線上にあるものだが、それでも今この段階で婚約するとなれば、話が変わってくるだろう。

それこそ、稼ぎもない子供風情《ふぜい》がなにをふざけているのかと怒り出しかねない。

「……婚約、延期しますか？」

「……いや、こういうのは思い立ったが吉日だ。延期も解消もしない」

渋々としたファティマの提案に、惚《ほ》れ惚れするほどきっぱりと首を振った空也はしかし、すぐに弱った声を出した。

「だが、祖母ちゃんを納得させられる妙案が思い浮かばん。一緒に考えてくれ」

言いながら空也の差し出した手を、ファティマは躊躇《ためら》わず握りしめた。

「仕方ないですねえ……まあ、ふたりの問題ですし、ふたりで頑張りましょう」

そうしてふたりは、歩き出した。

どちらかがどちらかの手を引くということもなく、同じペースで。

あとがき

初めましての方は初めまして、久方振りの方には久方振り、千羽十訊《ちばじゅうじん》でございます。

新シリーズです。ラブコメです。

……ラブコメですか？　ラブコメですよね？　ラブコメじゃないかなあ……ジャンルはなにかと問われればラブコメなんだけど、これはラブコメかと問われるとどうなんだろうと首を捻りたくなるような、面妖な出来になってるような気がひしひしとします。


さておき。

恒例のキャラ紹介、今回は主人公の香良洲空也《からすくうや》です。

いつもと同じく、適当に創ったらこうなった系のキャラです。

……これだけだと全然尺を稼げなくてダメですね。

最初はもうちょっと砕けた口調だったのですが、書き進めるに従ってなぜかだんだん古く、どんどん堅苦しい喋りになっていき、最終的に序盤のセリフを修正するという憂き目を見たキャラです。

いや、もう……なんでこんな子になっちゃったんだろう……設定の段階で『お祖父《じい》ちゃん子』

とか『懐中時計』とかいうキーワードがあるので、なんでもなにも当然のような気もするけど……

それでもやっぱり、なんでこんな子になっちゃったんだろうなあといった感じです。

しかも動かしやすいかっていったら別にそうでもないし、そのクセ一度動き始めたら、一瞬で物語を終わらせにくるし……


では、ここからは謝辞。

イラスト担当のミュシャ様。思いつきで適当に設定した諸々を絵に起こしていただき、さぞかし大変だったかと思います、ありがとうございます。

そして営業様から印刷所、書店の皆々様といった関わってくださった方、無論手にとってくださった方々全てに、ありったけの感謝を。

あなた様方がいなくては、この本が世に出ることはありませんでした。

それでは、次の巻でまた会えることを願いつつ、今はこれにて。

二〇二一年六月　千羽十訊

ファンレター、作品の
ご感想をお待ちしています

〈あて先〉

〒106－0032
東京都港区六本木2－4－5
SBクリエイティブ（株）
GA文庫編集部 気付

「千羽十訊先生」係
「ミュシャ先生」係

本書に関するご意見・ご感想は
右のQRコードよりお寄せください。

※アクセスの際や登録時に発生する通信費等はご負担ください。

https://ga.sbcr.jp/

冷たい孤高の転校生は放課後、合鍵回して甘デレる。

発　行　　2022年8月31日　初版第一刷発行
著　者　　千羽十訊
発行人　　小川　淳

発行所　　SBクリエイティブ株式会社
〒106－0032
東京都港区六本木2－4－5
電話　03－5549－1201
03－5549－1167（編集）

装　丁　　百足屋ユウコ＋フクシマナオ
（ムシカゴグラフィクス）
印刷・製本　中央精版印刷株式会社

ISBN978-4-8156-1256-6
Printed in Japan
GA 文庫

試読版は
こちら!